# 坂下あたると、しじょうの宇宙

町屋良平

集英社

# 坂下あたると、しじょうの宇宙

燃ゆる漏斗《ろうと》の形せる、紺青《こんじやう》の空をぶちのめす。

アルチュル・ランボオ

「ヒョッ!」

みたいな声がでた。

自分の名前を見つけた瞬間だった。

授業に遅刻して、書店に寄っていた。朝弱いおれは、制服をちゃんと着て、一応顔も洗って適当な身支度をすませ、家から出かけたという意識を失っている。いつの間にかいまここにいる、という感じだった。

まるで空中遊泳しているみたい。

午前ちゅうはいつもそうだ。なにが起きても、記憶すら覚束《おぼつか》ないのに、あとから回想しようとすれば、おぼえていることはちゃんとおぼえている。昨日理科の授業の一環で、クラスの皆で校庭を〝フィールドワーク〟して、夏の草花を眺めながら散策したこととか。

その一瞬の風のぬるさとか。

心地よさとか。

地元の書店は、もしおれがあと十人もいたら、満杯になってしまうだろうというぐらいのスペースしかない。立ち読みしているときとか、いつも想像する。あと十人のおれが、この書店にいっぱいになって、だけど、十人はそれぞれ違う本を立ち読みしているから、あたまのなかはべつの宇宙でいっぱい。宇宙×宇宙で、ぐわーってなって、ぐるぐるする。最高に気持ちわるいような、最高に気持ちいいような、その境界はいつだってあいまいなんだ。

立ち読みしていた『現代詩篇《げんだいしへん》』の誌面、「今月の投稿欄」の「選外佳作」の欄に、おれの名前があった。

「佐藤《さとう》ダブリス」

おれのほんとの名前は佐藤 毅《つよし》だけど。

それと、おれの投稿していた作品名。

「シュワシュワ」

とにかく、おれは朝のうつろなあたまのなかで、それでも最大限期待していたけれど、それでも現実はまだあたまのなかに定着していない。夢のつづきだ。これは夢のつづきなんだ。だけど、ソワソワしてしまって、本を閉じて、棚に仕舞って、もう一回みて、やっぱり、

「佐藤ダブリス　シュワシュワ」

と書いてあって、やっぱ閉じて、も一回みる。えんえんくり返した。

おれはそのとき、いつもの想像じょうでこの書店を埋め尽くしていたおれが一瞬でこの場所に収束したような、奇妙な浮遊感をおぼえた。

おれが、おれに還《かえ》ってきた！

そんな感じ。そんなことって、感じたことのないへんな気持ち。ボンヤリしたあたまで一度

書店をあとにし、我にかえってもう一度書店にもどり、もう何回目になるかわからない自分の名前を確認し、『現代詩篇　八月号』をレジに持ってって買った。

べつに、詩人になりたいわけじゃない。

だけど、おれにだって、なにかあるんじゃないかとおもった。

詩っていうのはふしぎなもので、自分になにかがあるんじゃないかとおもって書けば書くほど、自分になにもないってことがわかってくるものだけれど。自分の空洞を見せつけられるみたいに。

期末試験が終わったばかりで、テストが返ってくるまでにあと数日挟む、高二のこの時期の教室は世界史の先生いわく「世界で一番平和」らしい。

三時間目のはじまるあたりで、後方のドアから教室へ入ると、クラスの窓際から二列目、前から二番目の席に坂下《さかした》あたるはいて、バッチリ目があった。おれは、顔がにやけそうになりながら、必死で舌を嚙《か》んでごまかし、「おう」という口だけつくって、自分の席に座った。あたるも「おー」という口をした。廊下から三列目、後ろから二番目の自分の席。

坂下あたるはスゴイヤツだ。父親が詩人兼翻訳家、母親も翻訳家で、あたる自身も小説を書いて新人賞の三次選考に二回も残っている。まだ十七歳なのに。詩も書く。『現代詩篇』の投稿欄においても選外佳作とかじゃなくって、四、五回は詩が載ったこともある。それに批評も書くし、短歌も書く！

いまあたるは新興の小説投稿サイト『Plenty of SPACE』に夢中で、公募新人賞用の小説や詩を書きながら、熱心に文章を投稿していた。

『Plenty of SPACE』はいまや読書家のあいだに浸透しつつある小説投稿サイトとしては後発のほうだが、ラノベ系やファンタジーに席捲《せっけん》されている他サイトと異なり、文学や批評にある程度真剣な層を集めることで他サイトとの差別化を図っていた。あたるも『Plenty of SPACE』では主に短い小説や批評やエッセイを載せては好評を博している。サイト内の「虚星ランク」(読者の反響の大きさでつけられるランキング)ではランク七位に入っているし(あたるいわく、「ランキングをあげることにキョーミはない」、らしいけど)、たまに枚数の関係で新人賞に応募できない短編小説とかを載せると、閲覧数三千超えはよゆうだし、〝フレッシュ!〟(という名のただのお気に入り)獲得数は最低でも三十コ、〝感想、或《あ》いはほしのこえ〟(という名のただの感想)も五つはつく。たいていは好意的な評だ。

おれは、自分が詩を書いていることなんてあたるに一度も言ったことはないけど、ときどき『Plenty of SPACE』に日記とかを投稿して、あたるとは比べ物にならないほどどうすーい反響をえていた。だけどあたるは「毅には才能あるよ!」って言う。おれはうそだろ?って言う。

「うそじゃない! オレは文章関係においては、ひたすらにふざけない」

だから毅には才能ある、と言っていた。いままでそんなのぜんぜん信じてなかったし、ほんとうは劣等感でいっぱいだったけど、だけど『現代詩篇』の選外佳作に選ばれたことで、その黒い気持ちもいくらか薄めることができていた。

授業をうけていても、うわの空で、窓の外ばかり見てしまう。快晴だ。こんな抜けるような青空、夏だっていうのに、おれたちはなにをやっているのだろう？　勉強するならまだマシだ。海へ行くでもない、部活に燃えるでもない、おれたちの貴重な青春を、現代詩だの小説投稿サイトだの、そんなものに費やしていて、空《むな》しくないか？　だけど、あの書店で自分の名前を見つけたときの宇宙が、この青空すらを貫いていた。

うれしい。たんじゅんに。すごくうれしかった。

おれたちのポエジー？

そんなの、すっげーバカみたいだけど。

三時間目が終わると、本を読みながらあたるがおれの席まで来て、「午後になって好調になったら放課後どっかいこうぜ！」と言ってきた。手には『ヴァージニア・ウルフ短篇集』と書かれた本を持っていて、目ではその活字から浮かびあがるイメージを真剣に追っている。

「もうすでにそこそこ好調」

とおれは応えた。

「よっしゃ」

とあたる。

「じゃーそれまでにウルフが描く風景の特別さについてプラスぺにみじかい文章あげるから、みてくれよな！」

プラスぺとは『Plenty of SPACE』の略称である。本から目も上げずにあたるは言い残して、自分の席へ戻っていった。スマホを取りだし、バチバチとなにかを書きつけながら真剣に本を読んでいる。あたるの好きな、イギリスの古い小説家だ。かれの『Plenty of SPACE』ページのアイコンにも使われているからその顔だちはわかる。白黒の写真で、神経質そうな女性の横顔がうつっている、それがヴァージニア・ウルフ。

おれはあたるに選外佳作のことを言いたくてソワソワしている。だけど、おれはあたるみたいに本なんて読まない。芥川《あくたがわ》も太宰《だざい》も春樹《はるき》も流行《はや》りの作家すらも、教科書以外の文章をほとんど読んだことない。

そんなおれが、ヴァージニア・ウルフについての批評を書くヤツと、こんなふうにつるんでいていいのだろうか？　ときどき例の劣等感にさいなまれる。あたるはこんなおれに「才能がある」って言ってくれたけど、才能ってなんだ？　ついでに、詩ってなんだ？

だけど、ほんとうはわかっている。おれに才能なんてない。おれの詩は、あたるの詩のパクリだし。

というより、日々いっしょに遊んでいて、坂下あたるの「あえて語らなかった」あるいは「語りこぼした」ことばの集合でできている。あたるのことばの結晶化を逃れたもの、ダイヤモンドの削りかすみたいなのを、おれが拾い集めてできているのが、おれの詩だ。おれの想像力も、創造力も、一％も含まれていない。

だけど！　詩はそういうおれの「無さ」みたいなのも肯定してくれるのだとしたら。

名前が載ってどうやってもうれしくて、いつもより好調！　外に飛び出したくてソワソワした。

昼休み。あたるが怒られている。彼女の浦川《うらかわ》さとかに怒られている。ちょうど弁当を食べ終わったあたりだった。

「言ったよね？　わたし。おぼえてる？」

「いいました……。おぼえてます……。すいません……」

「わたしの油絵セット持ってこいって。じゃあなんで持ってこなかったの？」

浦川さとかはカワイイけど、すごく性格がわるい。

「ゴメン、忘れました……」

あたるは心底ふるえている。泣きそうになりながら謝っている。おれたちのクラスは美術選択ではないから、油絵セットなんて必要ないのに。

「てか、どんだけ無能なんだよ？」

浦川さとかは性格がわるい。だけど、性格ってなんだ？　それもよくわからない。だれかに嫌われることは怖くないのだろうか？　むずかしい。おれはボンヤリ眺めている。おれはあたるがさとかちゃんに怒られているシーンがあんがい好きなのだ。それと同時に机に突っ伏して、表面のヒンヤリした場所を探しながら、片手にスマホを弄《いじ》って、『Plenty of SPACE』の画面を見ていた。

あたるが先ほど投稿した、『ヴァージニア・ウルフ　風景のゼロ地点』。その紹介文をつらつらと眺める。

……　ウルフの小説で展開されている「風景」。それは現実に我々が見ている風景でも、小説世界のなかだけで起《た》ちあがる風景でもない、関係としての、「認識の擦《こす》れ」としての風景。風景の側からも見られているおれたちの「新の風景」とでもいうべき、唯一無二の「風景のゼロ地点」なのだ
あたるはなにを言ってるんだ？　現実のあたるを見る。

「どうすんだよ？　午後の美術の授業、どうすればいい？　わたしなにで絵を描けばいいわけ？　なにでキャンバス埋めればいいわけ？　お前の血？」

「ゴメンさとかちゃん……。だれかにかりられないかな？」

「『かりられないかな？』じゃねえよ。だれが忘れたんだよ。お前がかりてこいよ」

「え……オレ？」

あたるはほとんど泣きかけている。おれはあたるが投稿した本文のほうは読む気になれず、ずっとあたるが書いた論考の紹介文を見ているが、何度読んでも意味がわからない。

「いや！　この際いわせてもらうけど！　さとかちゃんは横暴すぎだよ！　もう午後だから、ちょっと血行もよくなってきてるからこんなこともいえるけど、正直どうかとおもうよ！　オレがなにをいわれても自分がわるいっておもいこんじゃうエヴァのシンジ君的性格だってこと、しってるくせして！」

お。言い返した。

「は？　意味わかんないんだけど。ていうか、聞くけど、あたるが持ってきてくれるって言ったんだよ？　わたしが頼んだわけじゃないよ？　あたるが持ってくるって言わなければ、あたるん家《ち》に置きっぱなしにしてないよ？　わかってる？　状況。整理する？」

「うぅ……けど！」

「昨日あたるん家に行きました。あたるに誘われて行きました。あたるが言いました。『油絵セット重そうだね。置いてっちゃえば？　あしたオレが持っていくよ！』」

「いやそれはそう。それはそうとして」

「整理する？　忘れたのは？」

「ひとはだれしもミスをする生き物で……」

「忘れたのは？」

「……オレ」

「なんとかするのは？」

「……」

あたるはガタッと立ちあがり、その場を去った。隣のクラスに響きわたる、「だれか、油絵セットをかしていただけませんか！」という声。溜息《ためいき》をついてあたるの席にふんぞり返る浦川さとか。

あたるの投稿したウルフにまつわる批評は、すでに〝三フレッシュ！〟を獲得していた。

放課後。自転車を走らせながらあたるは、「さとかちゃんにきらわれたら人生おわり！」と叫んだ。

風がとてもつよい。向かい風だ。おれは実際にあたるが言っていることは聞こえないのに、あたるが言っていることがわかった。いつも言ってることだからだ。

おれがあたるをすごいと思うことのもうひとつは、さとかちゃんへの変わらぬ愛だ。

性格のわるい孤高の女王。浦川さとかの心をほだす猛者が現れるとしたら誰だと事あるごとに話題になっていた。どんなイケメンも、資産家の御曹司も、運動部のエースも、高給取りのエリートも、メガネをとったら男前の少女マンガ的定番も、だれもかれもが玉砕した。

あたるは、「オレがいく！」と言って詩を書いた。

浦川さとかはそれを読んで、泣いて、あたるの告白をうけたという。ラブレターの内容はおれも見せてもらったから知っているけれど、現代詩で書かれていた。

よるのした、
みんなが人間になってしまうのはこわい
少年だったものが、
女のこだったものが、
石ころだったものが、

オリオン座のリゲルとベテルギウスのあいだの距離のなまえだったものが、
十七さい
人間になってしまう
のがこわい

口のなかがぱちぱちして

そんなふうな時間のなかで
オレは〈いま〉あなたをすきな距離だ

おれは読ませてもらったとき、「わからん。サッパリ」と応えた。だけど、浦川さとかにはつたわったのだろうか？　泣くぐらい、感動するなんて。むしろ、浦川さとかにしかわからない、なんらかの暗号があの詩に秘められていたのだろうか？　おれにはわからない。

あたるは言う。

「メッセージで心を訴えるなんて、いまどきだっせーことだ！　一度はうまくいっても、二度目なんてないんだぜ」

あたるの言うことはいつも、三割わかって九割わからない。つまりそれって……足すと中身が増えてんじゃん。おれの詩なんて、七割意味深で七割適当なぐらいなのに。

ことばってこわい。

あたるのラブレターを読んで涙するピュアを持ちあわせているのに、浦川さとかは性格がわるい。今日もあのあとようやく油絵セットを借りてきたあたるの頭を小突き、「おっせーんだよ！」とキレていた。あたるはへらりと笑い、「へへ、ゴメンね……後輩のクラスまで出張しちゃったよ」と言っていた。

いままでは周囲のだれもが、浦川さとかとの交際が憧れるべきではない、ひたすら従属を強いられるものだと理解していて、羨ましがる者はない。

浦川さとかはわけ隔てなく、だれに対しても性格がわるい。権力にもイケメンにも金にも媚《こ》びない。褒められてもよろこばないし、怒られてもへこまない。

「さとかちゃんといると癖になるようなスリルと奇妙なあんしん感とがどうじにある」とあたるは言う。

「スリルとあんしんっておなじ精神物質なのかな！」

と言う。

たぶん違うとおもうよ……。

おれとあたるが昔いっしょに通っていた小学校を横切った。門は開放されていて、校庭でたくさんの小学生が遊んでいる。北門から南門へさーっと抜ける。自転車を漕《こ》ぐごとに、バスケットゴールで、鉄棒で、サッカーゴールで、ブランコで、シーソーで、野球のバックネットで、子どもたちのそれぞれがそれぞれの仲間と遊んでいるのが見える。

おれとあたるは、中学ではべつべつだったから、高校で再会した。小学校では大して仲よくなかったのに、高校では急に仲よくなった。

あたるは立ち漕ぎしながら、「まだおっぱいも触らしてくれない！」と叫んだ。今度はハッキリ聞こえた。

「なにそれ？　最悪じゃん！」

「さいあくだよ！」

おれは、あたるが口ではそう言いながらも、「でもほんとは、一回おっぱいを触るならずっと手を繋《つな》いでくれていたほうがいい」って思っていることがわかっていた。座ったまま、おれはガシガシペダルを回す、ふくらはぎに力を込める。おれだったらぜったいそんなことは思わない。

いや、わからない。おれには敢《あ》えてあたるが言わなかったこと、つまりあたるの「言外」がわかるような気がしていた。そんなのはおれの「想像力」がそう思わせてるだけなのかも？　だったら、「あたるの言外」も立派なおれ自身の「想像力」なのかな？

おれは浦川さとかの顔が好きで、浦川さとかのおっぱいを触りたいけど、それは正直、わりと誰でもよかった。でも、それは誰でもよくないということと似ていて、ほんとうは誰でもいいわけじゃなくて、でもうまくは言えない。ほんとうにだれかに恋をすることとか、愛するということとか？　まだわからない。だからおれは女の子のおっぱいを触る前段階にすら達していないのかも。女の子がおれやあたるとおなじように性欲をもってる存在なんだって、まるで都市伝説みたいにおれにはまだ信じられていない。

信号待ち、指の汗をシャツで拭いてスマホをひらくと、あたるの書いたウルフについての論考に、〝感想、或いはほしのこえ〟が一件ついていた。いつもあたるがなんらかの文章をアップするとすぐに〝フレッシュ！〟も〝感想、或いはほしのこえ〟もつけてくる、熱烈なファンだ。きっと年齢は、もう三十歳を越えている。だけどおれたち、ただの高校生なんだぜ？

川に着いた。おれは自転車を止めるなり、「さとかちゃん、孤立することが怖くないのかな？」と言った。

「わかる。体育の準備体操のペアとかめっちゃ気まずいとかおもっちゃうし」

「それに、話し相手がいないとおれ、自分がなにを考えてるのかもわかんなくなるし……」

あたるは、ちょっとビックリした顔をした。

毎月詩をつくって、投稿して、半年になる。六コ詩をつくって、それがはじめて読まれてちょっとだけでも認められていることがわかって、おれはおれを見つけたような気持ちになっていた。おれは、「ほんとのおれはなにを考えてるんだろう？」ってよく考えるようになった。いつもあたるの言っていることの反響や残響でしか、なにも考えられていない気がしていたから。

「相手がつまんなかったらどうすんだよ！」

「は？」

「毅の理論だと、はなし相手がつまんなかったらお前までつまらんくなるぞ」

おれは黙った。そうなのだろうか？　じゃあ、おれはずっとあたるといないと、おれひとりになったら、すぐにつまんなくなるのか？

きゅうに色々なことがおそろしく感じられ、佳作になったおれの詩なんて、あたるに見せられるわけがないとおもった。クラスメイトがたまに自慢している「歌ってみた」、「踊ってみた」、「雑誌に撮られた」、「動画がバズった」、そういうのにも劣っていて、ほんと自分が盗人《ぬすっと》たけだけしい、小ズルイ盗作ポエム野郎だって、ときどきおもっているし、いまもどんどんそういう気分になってきた。

どうおもうだろう？　おれの詩をみて、あたるはどうおもうだろう？　おれが掻《か》き集めて再編集したあたるの言外。あたるの声なき声。あたるの本心の澱《おり》。意識の裏側……。

激怒するかもしれない。取り繕うかもしれない。照れるかもしれない。感心するかもしれない。反応によっては、いまよりおれは、ずっとあたるを舐《な》めるようになるかもしれないし、いままで以上に打ちのめされてしまうのかもしれない。

なんて勝手で醜い。あたるの才能に嫉妬する、おれの心。あたるはいつのまにか自販機で買っていたサイダーを飲んでいた。

「のむ？」

と言って寄越してくる缶をうけとる。

川面は夏のひかりを反射してキラキラしていた。眩《まぶ》しくて直視できない。

おれはサイダーをジビリとのむ。なんかヘンな味。

「なんだこれ」

「ハハッ！　麦茶。混ぜてみた！」

あたるは笑っている。

「ざっけんな！」

おれはサイダーの中身を川に向かってぶちまけた。しゅわしゅわの泡までもがスローモーで、川面にぶつかって弾《はじ》けるみたいに見えたけど、景色が終わっちゃったあとではオナニーしたあとみたいな無力感が残るばかりだった。空っぽの缶がさむざむしい。

「もったいねー」

あたるは言った。

「でも、キレーかったなー」

とつぶやいて、スマホの電源を切った。あたるの目に映ったものを、あたるのことばで移しかえられたら、世界のいちいちがきっと潔くうつくしくなる。おれは敢えてあたるがことばにしなかった零《こぼ》れおちるものを拾って集める。

草にすわる。さっきからあたるのスマホのむこうでは、『Plenty of SPACE』から届く〝フレッシュ！〟や〝感想、或いはほしのこえ〟の通知をしめすバイブが止まらなくって、まるで宇宙からかかってきてる電話みたいに鳴りやまないって、おれは知っていた。あたるは宇宙との通信を切って、「聞いてくれる？　さとかちゃんの極悪な所業の数々。お前しかいえる相手いないんだよ」とこぼした。

「ノロケを超えたノロケみたいになっちゃってるからなー」

おれは応じる。

「わかってくれる？　この、フクザツな感情。うれしくないわけじゃないんだ。だけど、油絵セットの件みたいなのって、しんけんにどうしたらいいかわからんし」

川がどんどん夕ぐれる。あたるは饒舌《じょうぜつ》におれだけにむかって語りつづける。

今日を書きはじめて、今日を書き終える、
その途中を死ぬおれら青春の複数は性欲で片づいてしまうけど
たったひとりを取りだせば、ほんとうには手を繋いでいたかったんだよの
後悔でいっぱい
ヤってるときにヤれないことばかりに、
ときめく快哉！

シャワーを浴びているときにおもいついた詩の断片をスマホにポチポチ打ち込んだ。思いついたとき、思いついたイメージをガチャガチャ組みたてているとき、思いついたことをスマホに書きつけているときは陸つづきにスムースに移行されていて、そのあいだは失神してるみたいに集中している。俗世もなにもない感じになる。

だけど我にかえって見直すと、出来上がった詩の断片は、あきらかにあたるが今日話してい

たことのスピンオフみたいになっていて、ガッカリする。

だけど、厳密にはあたるが喋《しゃべ》ったことはひとことも採用していない。こういうことを言いたかったのかな？っておれが勝手に翻訳した内容になっている。

いまの世のなかでは自由恋愛万歳！　みたいな空気をたたえているけれど、その実恋愛をしないひとだって中にはいるのだろう。そんなひとのことを、無視して傷つけるような詩はつくりたくなかった。おれだってその気持ちはよくわかる。おれがいつか彼女をつくっても、この痛いような気持ちはなくさずにいたい。法律で童貞が禁止されて、全人類が童貞じゃなくなっても、この孤独はなくならないんだ！とありえない設定に過剰に感情移入してしまうおれ。それなのに書きつける詩はこんなふうになってしまう。こんな詩じゃとても届かない。

どこに？

わからないけど……。でもどこかに届きたい。せっかく書いているのだから。貴重な青春をつかって、書いているのだから。

玄関のドアが開き、母親が帰ってきた。幼いころに離婚した我が家では、夜が更けて母親が帰ってきてようやく、「おやすみモード」に気持ちがしずまるのは子どものころからだった。リビングでスマホを弄っていて、顔も上げずに気の抜けた「おふぁえりー」というような声をだした。

「はあ！　疲労！」

母親はおれの「おかえり」より百倍ぐらい明晰《めいせき》な声でそう言った。疲れているようだ。

おれは牛乳を飲みながら、さらなる詩の試行錯誤をすすめていった。

〝今日を書きはじめて、今日を書き終える、〟

の部分が気に入らなかった。もっとモーツァルト的なことを、バシッとことばであらわしたいのだ。モーツァルトは作曲のとき、長大な音楽の全体を一瞬で思いつくのだという。音楽の先生がこないだそう言っていた。そんな伝説を自分の手柄みたいに信じて詩にして語りなおすなんて、ちょっとダサいとも思えてきた。

すこし修正して、

〝今日を始めて、今日を終わりたい忘却を伴って、今日を消える〟

と変えてみた。いまいち嵌《はま》らない。却《かえ》って悪くなった。けっきょく元に戻して、いったん終えた。母親が総菜屋で買ってきたおかずを夕食にしてテレビを見ている。うるさい。宇宙が途切れる。

詩を書いているおれの意識のなかで、昼間の川原であたるが言っていたせりふがずっと、うるさいぐらいに鳴っていた。

「さとかちゃんとつき合うまではさあ、恋愛小説とかよんで、ウフフとかもおもってたけど、いまはなんか、なんだかなあっておもいはじめた。へんに感情移入しちゃって、安いドラマにすらほだされているのに気づくと、しゃらくせえっておもっちゃう。ＪＰＯＰにだって感動しちゃう。本をよむってことが、人生経験に左右されちゃうなんて、いままでのオレだったら、『バッカじゃねえの！』っておもうところだったのに。だって、芸術には早熟の天才がつきものだ。ランボオをみろ！　人生経験にあてはめて理解しようとするのは後世の人間のわるい癖だ。でもオレは女になりたいなあ！　だって、女になるってめっちゃ難しいことで、『まるで女の人の気持ちがわかってるみたい』にかかれてる小説なんか、ぜんっぜん問題にならないわけ！　そんな生やさしいもんじゃない。女をかくってことの、不可能性への官能が足りない！」

やっぱり、ぜんぜんわからない。だけど、こんなにも意識にこびりついて、ずっとあたまのなかで鳴りやまない。

おれは詩も小説も映画もマンガもアニメも音楽も絵も、みんなが知っているよりはるか下の数しかしらない。ぜんぜん興味も持てない。他人の詩も、まったく読む気になれない。あたるの詩だけ読んで、あたるの小説だけ批評だけ詩歌《しいか》だけ読んで、あたるのことばだけ聞いて、自分の詩をつくっている。

けっきょく詩は風呂をあがって書きつけたままのかたちで保存し、牛乳を飲み干す。

「あんた最近リビングによく居座るけど、なにしてんの？　彼女にメール？」

と、思春期の息子に対して無神経なことを聞いてくる母。

「いないし。しさく」

「しさく？」

「しさく」

「へーっ。高尚！」

思索と捉えたか、詩作と捉えたかわからないけど、どちらでも正しい。でも、どちらにせよまったく高尚ではないことはもうわかっていた。芸術なんてぜんぜん高尚じゃない。おれがやっているものが芸術なんだとしたらだけど。


翌朝起きると十時だった。今日もちゃんと学校に行く時間に起きられなかった。連日の遅刻癖にもかかわらず、朝ごとにきちんと後悔と罪悪感に見舞われることがむしろ新鮮だ。もっとちいさいころは母親に連れられ睡眠外来に行ったりしたが、けっきょく有益な知見をえることはなかった。ただわかったのは、この夜型の体質は矯正できないってこと。まるで依存症みたいに、土日もきっちり八時に起きるならいいけれど、一日でも起きるのが遅れたら、すぐに元通りになる。三度ほど挑戦したけれど、規則正しいはずのその生活中はずっと体調がわるくてダメだった。うっすらと気持ちわるくて、首のあたりがなにかでコーティングされているみたいに、バリバリと重だるいあの感覚。

太陽が眩しい。窓はあいているのに、微かな風も入ってこず、じりじりと暑かった。こんな熱気じゃ、二度と長袖を着る日なんて来ないんじゃないかとすら思えてくる。

ボヤボヤとしたあたまでTwitterをひらいた。それと同時に、昨日つくった詩の断片をおもい出した。あれはちょっと、マズかったかも……、と二度目の後悔を味わう。だけどこれも、恒例のこと。あたるも言ってた。詩作とは陶酔から生まれるもんだって。ただしくは、もっと偉い文学者の誰かのことばらしいけど。

だから、朝がくるごとに詩を消してたら詩なんて永遠にできない。人のポエジーを笑うな。夜のポエジーを卑下すな。佳作とはいえはじめて他人に認められたおれは、それをつよく心で意志してスマホの画面をフリックフリックした。

文芸関係のリスト、〝ことばはごかく〟を眺めていると、

……若さで血走ったまなこには、中身の空洞が、あたかも血液の結晶で、反射するように、輝いて見えるのだろう。自分にもそういうときが、たしかにあった。今は粛々と書見。

というつぶやきがあたるの内輪でいくらかリツイートされていた。つぶやき元は詩集を何冊か出版し、在庫を文学フリマとかで売っている詩人のおじさんだ。おれもあたると連れだって行った文学フリマであいさつしたことがある。一時期はあたるの詩を熱心に褒めていたひとだ。ぼやかして書かれているけど、どうやらあたるが昨日アップしたウルフの批評へのエアリプっぽい。最近こんなのばっか！　朝からウンザリすることばかり。

あたるはこういうことで、いちいち傷ついてたらきりないしって、気にしてないぜ！ってい

う雰囲気を出すけれど、そのじつ気にしているのだろうことを、直接には言われないけどわかるときがある。それこそことばの裏がわだ。あたるが言わなかったことを繋げていくと、あたるがほんとうには言いたかった、「あえて言わなかった」ことに気がつくことがある。
だけど、それをあたるの「本心」だなんて言うと、おれはそれを裏切りだとおもう。なにに対して？　卑しい。おれも卑しいなら、あたるだって卑しいし、この詩人おじさんだって卑しい。粛々と書見してつぶやかないでほしい。みんな違ってみんな卑しい。
あたるは Twitter のリスト〝ことばはごかく〟のなかでもちょっとした有名人だけど、それで一円すら稼いでいるわけでもなければ、だれか著名なひとに評価されているわけでもない。それなのに、すごく嫉妬されている。それと同時に崇拝もされている。なんだかここのところ息ぐるしい。あたるもあまりつぶやかない。才能ってなんだろう？　才能があたる自身をまだしあわせにしていないのに、めんどくさいことばかり起きる気がする。あたるの書いたもので、ほんとに救われてうれしいってひとだって、何人もいるのだ。おなじように、傷ついて苦しいってひともいる。才能があるひとはどういうふるまいをすればいいのか、正解を誰かしめしてほしい。
……　おきた
というＬＩＮＥをあたるにおくった。
……　おせー笑
ともどってきた。

返事を返さないうちに、『Plenty of SPACE』をひらいた。あたるのウルフにかんする論考は、当初サイトが弾きだした獲得反応予想、〝民からの観測地点〟の予想をおおきく下回り、〝十三フレッシュ！〟、二感想、或いはほしのこえ〟にとどまっていた。

おれの嫉妬がささやかに舞いあがり
吐けば醜い
そらが冷たければ、しろく凍るはずのもの
胸のうちでこもって肺がかたまっていた

と、気がついたら詩の断片をメモっていた。
あたるの文章が評価されなかったことで気持ちが遂げられて、創作意欲がわいていた。おれの詩はきたない。だけど必死になってスマホの画面にうつったキーボードを弾いている。
するとあたるから、
……　はよがっここいや
っておっかけのＬＩＮＥが来ていた。
……　浦川さとかのご機嫌は？
と返すと、
……　さいあく！

おれはハハッとかわいた笑いをもらした。

学校に着いたらもう昼になっていた。あたるはおれを見つけると「おせー」の口をした。あたるの机に合流すると同時に、浦川さとかが「嫌がらせかよ」とあたるに吐き捨てていた。

またケンカか？

おれはいやなタイミングで合流してしまったと自分の時間感覚を呪いはじめていた。あたるがさとかちゃんに責められている場面は遠くで眺めているから乙なもので、自分が登場人物になってしまうと生々しすぎて楽しめない。

「ゴメンさとかちゃん、でもしらなかったんだよ……」

「は？　あたし絶対言ったし」

「もう忘れないから、さとかちゃんがそんなにレンコンを憎んでいるだなんて……」

あたるは料理が趣味なので、毎朝浦川さとかに弁当をつくってやっている。あたるいわく、「好きな女の子の栄養になるものを創作するなんて、芸術にも勝るよろこび」なのだという。毎朝早起きしてせっせっせっと弁当をつめており、浦川さとかの母親からはＬＩＮＥを通じて月七千円の送金がされているという。以前、「お前のもついでにつめてやろうか？」と聞かれたことがあるが、「おれはパン派だから……」と言って断った。だって三人でおなじ弁当をつつくなんて、なんか気持ちわるいから……。

あたるは毎日四時間しか寝ない。それも一日二回にわけて、二時間ずつ眠っている。夜十時に眠って日付が変わるころに起きる。そこから風呂に入り、朝五時になるまで集中して本を読んだり、小説や批評を書いたり、街を散歩したりしている。

だから、あたるにＬＩＮＥを送れば、どんな時間でもかならず二時間以内には返ってくる。たまにおれも眠れないときに深夜の散歩につき合ったりしている。真夜なかでも早朝でも、本を読みながらでも文章を書きながらでも、あたるはＬＩＮＥの返信をすることができる。

あたるは泣き笑いしながら謝りつづけている。浦川さとかは弁当をあたるに投げつけた。嫌いなレンコンが弁当に入っているというだけで、ここまで激怒するなんて……。

顔がべちゃべちゃに汚れた親友を見て、おれが完全に引いていると、浦川さとかは、「あーあ！　あたるがそんなんだったら、あたし毅くんとつき合っちゃおうっかなあ。あたるもうぜんぜん、キラキラしてないし。厭《あ》きちゃったかも」と言って、胸をつよくおれの腕におしつけ、絡みついてきた。そうしておれの耳のしたのあたりをこねこねしたあと、口づけして去っていった。浦川さとかの茶髪ごしにあたるのかなしげな表情をみる。

浦川さとかが去ったあと、あたるは顔面にたくさんのおかずをつけたまま、しばし呆然《ぼうぜん》としていた。しばらくは米粒をよけようともしない。

おれは、「ちょっと勃《た》った」と正直に報告した。

あたるは、「いいなあ」と言った。

「はあ、酷《ひど》い目にあった。辛子レンコン、力作だったのにな……」

ようやく米粒を取り払い、卵の破片やレンコンが学生服についているのをゴミ箱に行って払った。おれも同行し払ってやったが、弁当の残骸はあらかたゴミ箱の周辺にこぼれてしまった。

「ありがと。顔あらってくるわ。たしかにオレ、もうキラキラなんかしてないかもしれないしな」

そんなこと言わないでくれ、という感情と、もっとおれの前で傷ついてみせてくれという感情が、同時に起こった気がした。今日も青春が快晴。


放課後にあたるは、「なんかくさくさするなぁ。キャッチボールでもしない?」と言いながらやってきた。

「するかー」

おれは午後の授業で凝り固まったからだを解きほぐさんと、伸びをする。ぐいーっと背中を反ると、天井がみえた。ボツボツと無数の空気孔の開いた、見慣れた天井だ。

「お前背中やらけーな」

あたるは感心した。

職員室で鍵を借り、部室棟まで歩く。プレハブでできている建物の二階に我々の部活、漫画研究部の部室はある。といっても、実質的な活動はほとんどなされていない。文化祭の時に部内の漫画をどこか教室に移動して、お茶もださない漫画喫茶をやっているだけ。それでも、文化祭なんて夕方には暇になっちゃうから、しずかに漫画を読む生徒で意外に盛況だったりする。

連絡掲示板の漫画研究部の欄に、「グローブかりてまーす」とあたるがチョークで書いた。

他の部活掲示板にはときどき、「筋トレ」とか「視聴覚室」とか「土昼オフ」とか、連絡事項が書いてある。鉄の階段をカンカンカンと登り奥から二番目の部室の鍵をあけると、埃《ほこり》くさい空気がむわっと舞いあがった。

風が一気に吹き込んだ。無造作に積んである漫画のページがばささっと舞いあがった。あたるはしばらく周辺を探し、「あれー、あの漫画、だれか持ってったまま返してないんかなぁ」と言っている。

「おれら前回、球といっしょに返したよな」

「おう返した。オレがな」

しばらく物色しているうちに、漫画棚のしたのほうにグローブがふたつ、挟まっていた。片方は白球を摑《つか》んでいる。

「よっしゃ!」

ということでおれらは自転車を走らせて、川原の公園にむかった。

もう完全に暑い。飛ばさなくても汗が勝手に噴きでてくる。シャツが湿って透明になった。あたるもだらだら漕いでいる。

「あちー」

「あっちー」

と無為にくり返して。

川についた。やっぱりおれらはなんだかムカムカしていた。怒りっていうのとは違う。発散できないエネルギーが身体に燻《くすぶ》ってるみたいだった。あたるも浦川さとかからの仕打ち（弁当投げつけの件）とか、Twitterでのエアリプ（らしきもの）のせいか、いつもより元気がないように見える。

あたるもおれも運動は得意でない。野球なんて体育でもいい思い出なんてひとつもないのに、定期的にキャッチだけはやっているからそこそこできる。バットにボールを当てるようなすぐれた運動神経、動体視力はないから、クラスで打順を組んだらいつも下位。ピッチャーにふざけた山なりボールを投げつけられる。それでも打てない。球技はからきしだめだった。バスケもバレーもサッカーも、球技大会ではぜんぶ足手まといだった。

けど、スポーツの楽しさはわかる。キャッチボールをしているときの、足を踏み込んだときの土の感触とか、ボールが風を運んできた重さとか、白球を収めたグローブのなかで弾ける空気のにおいとか、そういうのは好きだ。スポーツっていうのは自然とたわむれる面白さがある。もしおれがバットにボールをうまく当てられたら、大空を切るしろい放物線をみて感動するんだろうけれど、しあわせにも分相応ってのがあるんだろうな。おれたちにはスポーツスターのよろこびはむり。一生むり。おれはあたるとボールを交換しながら、「お、いい球」とか言いながら、徐々にあとずさって距離をとっていった。すこしずつ肩が慣れて、長いボールも投げられる。

すでに汗みどろだった。青空のした、半そでの白シャツを湿らせながらひたすらボールをやり取りしている。学校指定のズボンに纏《まと》わりつく汗が気持ちわるい。すこしずつ意識がボーっとしてくる。無心というわけじゃないけど、なにも思い煩うことなくひたすらからだを動かしている状況に気持ちが心地よくしびれていた。

おれには、あまりにも人生は長すぎる気がしていた。考えるべきことがたくさんあって、でも考え抜くことがしあわせとはどうしても思えなくて、十六歳なのに疲れている。あたるはエネルギッシュだ。書物にどこまでも情熱を傾けられる。おれにはそれが不思議だった。

「浦川さとか、ひでえよな」

おれはとくに考えなく言った。

「ひでえよお。食べものを粗末にするなんてダメだよ。いえないけどさ」

「でもかわいい。弁当を投げつけて仁王立ちしているときなんて、道徳を超えたかわいさがあったよ。瞳がキラキラしてさ」

「わかる」

あたるは笑った。

人生で追いかけるべきものがあるあたるに嫉妬していた。だけど、その嫉妬はときどきおれを苦しめるけれど、あたるにもしほんとうに才能があるのなら、降伏してもいいという諦念もあった。「ほんとうの才能」を見てみたかった。だからあたるに気後れしているという意識はないし、聞きにくいことも言いにくいこともそんなにはない。

「なあ、いまさらだけどさ、なんであたるは文学をやってるの？　空しくない？　いまどき。だれも現代小説なんて読んでないじゃん」

いわんや、現代詩をや。

もうすでに三十メートルは離れていたので、随分大声になった。だけど喉がよくひらいていて、声がスッと通って気持ちよかった。

「え！　うーん……」

あたるは引きつづきボールをとっては投げ返しながら、なにも言わず長考した。

おれも、とくになにも付け加えず待つ。そうして七八回くらいボールをやり取りしていると、とつぜん、「なあ、オレいまから長台詞《ながぜりふ》かますけど、最後まで聞いてくれよな！」と言って、フライを上げてきた。

「おー」

と返し、数歩前進して額の前でフライをキャッチ。

「オレがオレじゃなくすためだ！　なあ、人生ってなんだろう？　人生は辛《つら》い。人生はたのしい。人生は短い。人生は空しい。オレはぜんぶそのとおりだとおもうよ。人生は不条理だ。だけど厄介なのは、人生は辛いと同時にたのしかったりするし、たのしいと同時にどこか空しい、かなしいと同時にどこか充足している。そんなとこにあるとおもう。人生はパラレルに重複している！　たのしいと同時に辛い。かなしいと同時にフレッシュ！　そんなときもある。悪夢をみたときとかさ、オレはすごく人生が充実しているみたいな満足感をえることがあるんだ。夢のなかでは辛くてくるしくこわかったけど、そういう濃密な夢って、作家が夢日記なんてかいちゃうみたいに、魅力的なフィクションで、でも同時にあるべき現実でもあるんだっておもうよ。だって感情とか、感覚とか、つよいきもち。たとえば夢のなかでさとかちゃんを失ってすごくすごく辛いきもちとかは、現実の何倍にもなるようなきがしちゃう。現実ではあんがい、さめてる。なにか出来事が起きたときに、ゼロ時間で巨大な感情にみまわれることなんて、ほんとはあんまない。そういう意味で夢はすごい。夢のはなしは関係なかったかな……。話が逸《そ》れたかも。ようするに、『オレ』は複数の『オレ』を生きてる。無意識にも哲学してる。よく人生でなにかを成功させたひととか、結婚して子どもも巣だって穏やかな老後、みたいなときとか、『辛いときもあったけど、生きててよかった。いまがいちばんしあわせ』っていうじゃん？　わかる。それはそうだ。それはいい。だけど、いまのオレらにはぜんぜん真実味がない。『オレらのいま』を生きることがふあんなんだって！　過去は大体そうだ。昔のことばかりキラキラしているようにおもえるのはなぜだろう？　『しあわせなときもあったけど、いまはとても辛い。死にたい』ってときはどうすればいい？　苦労を乗り越えた物語ばっかりをよくきいて、体《てい》よく消費されちまう。辛いときの物語だって、オレはだいじじゃないかなっておもう。つまり、ええっと……。また話逸れてる？　まあいい！　もういいわ。ようするに、究極的にはオレはオレをやめたい。愛ってなに？ってよくいわれるけど、『ほんとうの愛』とはなにか？　みたいな。オレには持論がある。オレは日本語の『愛』っていうことばは、西洋でいうところの『ＬＯＶＥ』というものとはちょっと違ったもんだと思う。『ＬＯＶＥ』っていうのは三角形のこと。西洋では、神様がその頂点。で、その底辺を結ぶふたつの点として自分と、愛する相手がいる。自分と愛するひとは、信頼で結びついている。でもお互いをみているわけじゃなくて、頂点にいる神様をみている。お互いがお互いをみてるんじゃない。信頼しあうふたりはお互いにむき合うんじゃなくて、おなじ神様の方向を一心にみることで、神様から反射してくるものをもらっている。神様からリフレクトされる感じで愛がある。なんか神様とかいうと胡散臭《うさんくさ》いかもだけど、ようするに愛は三角形で、お互いにひたすらむきあうのではなく、頂点にいるものをふたりでみて、反射するものを慈しむことが愛だ！　お互いだけをひたすらにみて、感情をぶっつけあっていると、どうしてもどこかで辛くなっちゃう。愛に大きさはない筈なのに、どこか比較しちゃう。そういうのは防ぎたい。日本ではそういう概念に疎いから、ついお互いをみすぎてしまう。宗教を噛ませないと、「愛」の理解は歪《ゆが》んじゃう。そういう西洋だって、とてもうまくいってるとは、いえないかもしんないけどさ。子どもとかペットとかは愛になりえるかもしれない。ことばが通じないものは頂点になってくれるからね。あたらしくむき合うべき方向が生まれる。三角形の頂点が生まれることそのものが、愛ってことなんじゃないかなっておもう。だから愛っていうのはどちらかというと、お互いがお互いとむき合わないってことなんじゃないかってオレはおもってる。『愛してる』ってことばも、『愛』っていうことばも、生活レベルでこんなふうに消費されるのはおかしい。ことばの世界の問題にすぎないじゃないかとおもう。完全に話逸れてる！　愛について語ってるよな今オレ。でも、そんなに脱線してないぞ。つまりオレにとっての文学は、愛の三角形の頂点になる。文学と結ばれる点の向こう側は読者になる。文学を頂点とする三角形の、底辺を結ぶふたつの点が自分、つまり著者と読者になる。そんな三角形にオレは生きたい。そのとき、著者と読者は『文学』から反射されるものをうけ取って文学を愛することができる。著者が読者のためだけに、読者が著者のためだけに存在している状態は、回避される。読者のためだけにかかなくてもいい！文学のためにかけば、それが反射して読者をしあわせにする。読者がよんでくれるだけで、文学から反射されるもので著者もしあわせになれる。それが愛の構造。気に入らない物語を貶《おとし》める必要もない。そんな意欲も湧かない。重要なのは、そのときオレは『オレ』じゃない、『著者』になれる。三角形の頂点を経由しているからこそ、オレは文学の機能のなかでオレをやめて『著者』になれる。そうすれば、オレはオレのからだの限界を飛び越えて、想像力だけの存在になって『オレ』自身を俯瞰《ふかん》してみることができる気がするんだ！　これは読者だってそうだ。文学を媒介にすれば、一瞬自分の現実から空に飛べる！　浮かびあがって、べつの世界にいけるのは、じつは三角形の頂点に文学があるからなんだ。歴史っていい換えてもいい。たくさんの本があるから、そういう文化になっているから、読者は一冊の本で自分の人生を束の間逃れて、戻ってきたときあるべき世界のうつくしさ、人生のうつくしさをとり戻せる気がしてる。けっきょく、なにが辛いかって自分は自分をやめられないってことが辛い。なにかに依存したり執着してしまったときに、自分を自分でコントロールできないってことが辛い。だから、宗教にしても結婚にしても恋にしても学問にしても芸術にしても、それぞれを頂点に三角形の人生を生きることで、その依存や執着、黒い気持ちを束の間逃すことができるって、信じてるんだ。なにかが反射されてくるまでの一瞬は、オレがオレじゃない、ただの文学を愛するものになれる。それがめっちゃきもちいい。信じるものから跳ね返ってくるものを待っている、ほんの一瞬のひかりだよ。すごいかっこよすぎることをいうようだけど、オレはオレを捨てて文学のために生きたいし、そのほうが気が楽だ。そのためなら、できるだけ現世的な幸福は放棄してもいい。モテなくてもいい。貧乏でもいい。辛くてもいい。でも、そんなふうにクールに宣言したって、オレが自分に酔ってるだけで、ほんとうはそこまでの覚悟はまだない。さとかちゃんのことはすきだし、うまいもん食いたい。だから、あくまでも理想だけどさ……。まあ、オレの覚悟はまだまだ弱いから、自分の好きなように、さとかちゃんへの煩悩を持て余したり、こうやってお前に甘えて自分語りして自己顕示欲を満たして、こんなありえねー長台詞をキメたりしているわけだよ！　な、ずっと仲よくして、オレが文学になっても、オレのこと嫌いにならないでくれよな！」

奇妙な事件が起きたのはその夜のことだった。

あたるからのＬＩＮＥで、

……プラスペみてる？

と、とつぜん来た。風呂に入ってボンヤリ自分の布団に横たわっていた、夜九時のことだ。

……みてねーけど

……みて。オレのアカウント

言われるがままに、『Plenty of SPACE』に登録されているあたるのアカウントをみた。アカウント名は「坂下あたる！」となっており、アイコンにはヴァージニア・ウルフの横顔。
……いつもと変わんねーじゃん
……坂下あたるで検索してみて
サイト内検索すると、坂下あたるのアカウントがふたつヒットした。ひとつは「坂下あたる！」ふたつ目は「坂下あたるα」とある。
登録してある作品を見る。あたるが登録してあるまんまの作品がすべてコピーされている。詩とか、短編小説とか、批評とか。
……なにこれ。坂下あたるあるふぁ？
……きがついたらあった
……パクリ？
……パクリならまだいいんだけど、まあ、パクリもきもちわるいけど、オレのつけた他のひとの作品レビューとかもコピーされてんだよ。作品だけならまだしも、レビューまでコピーするなんておかしくね？
それから、あたるの長文が若干めんどくさくなってきて、やや放置した。布団にゴロゴロ横になって、風呂でからだに溜《た》まった熱を逃がす。扇風機を強にして全身にまんべんなく当たるよう首振り機能をフル活用していた。
しばらくして、
……これ、お前じゃねえだろうな?笑

という追っかけＬＩＮＥが来た。
おれ？
驚いて、一瞬からだを起こした。ありえない。だけど、おれじゃないなんて、証明はできない。すぐさま、
……おれじゃねーわ
って返したけど、信じるかどうかはあたるの自由だ。おれはそれでようやくあたるが焦っていることを理解して、考えた。
けっきょく犯人はこの宇宙のどこかにいて、だけど永遠にわからないかもしれない。おれはあまりにもあたるに嫉妬しているから、もしかしたらおれがやったんじゃないかって、自分でも意味のない疑いが頭をもたげるのが不思議だった。おれの罪悪感がべつの人格を電脳世界につくりだし、そいつが『Plenty of SPACE』上で「坂下あたるα」となって、こんな嫌がらせをしていたとしたら。
ありえねえ。バカバカしい。でも、ほんとうには誰がこんなことをしたのだろう？
あたるからの返事はすぐに来た。
……だな。ゴメン！　お前にそんな手間ひまかける情熱ねーわな
……うるせーわ
……まあいいけど！　きもちわりーけど、こういうのは放置一択だよな　もうすぐ十時だからおりゃねるわ。おやすー

と来た。

そうか。もうそんな時間。おれはそのまま眠りに入りそうなからだを奮いたたせて、リビングに移動しスマホのメモ機能を起ちあげた。昨日までに積みあげた詩の断片が残されている。おれはいったん集中してよけいな意識を遮断し、自分のなかの語彙と戯れて詩を捻《ひね》りだした。純粋な風景をつくりだすような意気込みで。

白球に中心にしくまれた亀裂が走りわずか裂けはじめた
気泡
おびやかされる日常をかいほうして
内面の膨張をよりよく梱包
せつなの

という箇所まで書いているあたりで、LINEが来た。またあたるか?とおもい画面を覗《のぞ》きこむと、めずらしい浦川さとかからのLINEだった。おれはどきっとした。

……遅くにごめん
と来た。

あ、とおれはピンときた。この時間だ。

おれは、

……いいけど、どしたの？

と返した。

……あたる、怒ってた？

浦川さとかの裏のターン。

浦川さとかは、あたるが眠りに就く夜の十時から十二時のあいだにだけ、奇妙な素直さをみせる。まるで二重人格だ。こうしてときどきＬＩＮＥが来るけど、いつも新鮮にぎょっとする。

……お弁当、ぶつけたりして、怒ってるよね……

こんな素直にデレられるなら、あたるの前でデレてやればいいのに。どうやらあたるが起きる十二時くらいにはもう浦川さとかは眠っていて、その素直があたるの目にとまったことはない。おれも黙っているから、あたるのしらない浦川さとかの重要な要素を、握っているような優越感があった。

……怒ってはないよ。いつも通り
そう返すと、

……ほんとう？　穀くんはやさしいから、いつもつい信じて甘えちゃうな……

あたるの書いた現代詩ラブレターで浦川さとかが「落城した」という話は有名だけど、ふだんの浦川さとかの暴虐をしっている人々は、けっして信じていない。ネタだと思っている。浦川さとかがひとのことばや優しさで心動かされる場面なんてふだんはありえず、想像の範囲外にある。だけどおれは信じられる。あたるのラブレターもきっと、この時間に読んだに違いないのだ。浦川さとかは坂下あたると出会う前から、眠る二時間前にかならず陥る情緒不安定に悩んでいた。あたるに出会ったからこの時間素直になっているというわけではない。でも、出会う前からお互いの陰と陽を引っ張りあっているようなふたりに、おれは嫉妬混じりのウンザリ感を抱えている。

……月が出てるよ。きれいだよ。見てみて！

……そういうのはあたるに送ってくれや……

……あたる寝てるもん

……いいだろ、べつに。あとでみるだろ。ＬＩＮＥも月も

……いいの。恥ずかしいし。じゃ、またね。いつもゴメン

時刻は十二時に近づき、あたるはむくりとからだを起こし、浦川さとかは平穏そのものみたいに眠る。十時から十二時のあいだの二時間だけよく似ているふたりは、ぜんぜん出会わない。おなじようにロマンチックで、率直で、やさしいふたり。

おれはそのあとは詩のつづきを書くこともできず、さっき書きつけた詩も全消し。頭のなかで、夕方のキャッチボールで交換した、厳密にはあたるが一方的に投げつけてきたことばの洪水が頭から離れなかった。それを、

白球に中心にしくまれた亀裂が走りわずか裂けはじめた
気泡

とかって表現しても、ぜんぜん衝撃に表現が追いつかないんだ。

衝撃？　あれは感動だったろうか。動揺だったろうか。おれはあたるの長台詞を聞いてしんじつどう思ったのだろうか？　ドン引きしていただろうか？　うまく思いだせない。

とにかく、おれが感じたことと、この詩のことばは遥《はる》か遠い。きょうはもうダメ。そう思った瞬間母親が帰宅した。遅番だったらしい。

「ただいまー」

「おかえりー」

「はぁー。母疲労〜」

また言っている。自室ではなくいつもこの時間リビングで詩を書いているのは、心のどこかで母を待つ気持ちがあるのだろうか？　こうでもしていないと、自室とリビングで離れ生活する母子が、顔を合わせることもない。

「また息子はしさく？」

「そうだよ」

「励むねー。あたしゃ明日ようやく休みだから呑《の》むよ。呑み倒す」

「あっそ」

「あんた、シジンになりたいの？」

シジン？

「なにそれ」

そっか。母はわかっていたのか。おれがほんとに詩を書いてるって。あたりまえのようだけど、ちゃんと要所で息子のことを見抜いている母にちょっと感心する。ときどき『現代詩篇』の雑誌を図書館で借りていたことも、きっと知っていたのだろう。

「詩人はモテるかもしんないけど、食えないよ」

「しってるし……」

モテないし……。

いやモテるのか？　おれは半信半疑だ。だけど、食えないのはしっている。商業出版で詩を出すひとなんてほんとうに一握りだなんてこと、あたるの近くにいるのだからいやでも知ってしまう。けど、ほんとうになれるものなら、なってみたいのかな？

「わからん」

「なにが？」

「詩人になるってことがどういうことかわからん」

「深い！」

母は言いながらビールのプルタブをプシッと弾いた。詩のこと、いつまでもあたるに秘密にしていくのだろうか。浦川さとかの夜の顔、詩の投稿のこと、ふたつの秘密を抱えたままおれは平気でいる。だけどいつか、すべてをあたるに言う日がくるのだろうか？　アカウントの捏《ねっ》造《ぞう》は、おれの仕業じゃないはずだけど、ある種の秘密がある以上、あたるに屈託なく接しているとはいいがたい。

もうすぐ夏休み。おれは母親に言われた「詩人になる」ってことについて考えてすこしモヤモヤしていた。将来なりたい職業とか、やりたいこととか、聞かれるたびに「ハア」としか応えられなかったけど、「詩人になります！」だなんてのも、おそろしくてとても言えない。

だけど、「恥ずかしくなんかない！」っていう気持ちも、どこかにある。高校二年て、そろそろなにかを決めなきゃいけない年齢なんだろう。あたるは決まっている。新人賞投稿用の長編小説を書くのもいったん止《や》めて、秋から勉強に専念するって言っていた。学科はきちんと決めていないけれど、人文科学系のすぐれた大学に入りたいという。坂下あたるの名前はいつものように学年一位のとこにあった。浦川さとかは二十二位。おれはもちろん圏外で、一七三人中一五七位。噂《うわさ》によると近隣の学校ではこうした貼り出しはもうしていないらしく、うちの学校も来年からは上位十人だけになるらしい。

どうでもいいー。

「哲学か英米文学か、どっちかって感じかな」

おれはテストもがんばっていないし、遅刻が多すぎて卒業すらあやういかもしれない。自暴自棄だ。ゆるやかな自殺にむかっているような毎日を生きている。あたるとつるんでいるのも、高校でせいぜいなのだろう。

めずらしく一限から授業に出ていても、ウトウトばかりしていて、ろくになにも入ってこない。ほんとうにおれは夜型なんだ。最近流行っている、フクロウ型ってヤツなんだ。ヒバリ型の朝型人間に適応された社会では、力を発揮できないぜ……。そういう作文を書いて提出したことのある成果か、先生もおれの居眠りを咎《とが》める回数がだいぶ減ってきていた。

そもそも、その作文をあたるに褒められたことをきっかけに、おれは自分でも文章や詩を書くようになった。

「毅には文体がある」

文体って、なんなんだ、おれにもわかるように教えてくれ……。ウトウトとまどろむ意識のなかで、ほんとにおれに「才能」ってヤツがあるのなら、いつかあたるのことを書いてやろうと思った。天才高校生として、ネットの世界でちょっと有名になって調子こいている、いまのあたるを描写してやる。でもおれはあれだ、詩人になるんだった。どっちにせよきわめて狭い世界のことだし、あまりにも都合のいい夢想だった。チャイムが鳴った。

机に突っ伏しているおれにあたるが寄ってきて、「なあ、昨日のことなんだけどさあ……」と話しはじめた。

「昨日?」

「オレのアカウントの捏造事件のことだよ」

「あー」

おれはようやく頭を上げて、目をこすった。

「なんかきもちわりいんだよやっぱ。オレの作品とかレビューも、よくみたらちょっとだけことば遣いがかわってるんだ。語彙が交換されてる。『視覚』ってことばが『ビジョン』ってなってたり、『絶妙』ってことばが『超越』ってなってたり、なんか不気味なんだよ。そういうのが作品にかならず一コずつあって、オレにしかわからん暗号をおくってきてるみてーなんだ」

「ふうん。たまたまなんじゃない？」

「たまたまじゃねえよ、きっかり一箇所ずつだけなんだから」

「そっか」

「しかも、なんかその語彙に当て嵌められると、なるほどな、っていう交換ばっかなんだよ。『なるほど、たしかにこのことばのほうがしっくりくるわ』とかおもっちゃって、なんか、気分わるい」

「へー……」

あたるはおれの性質はよくわかっているので、こうテンションが低くても気にしない。だけど、きょうはめずらしくしつこい。

「できれば犯人をつきとめてえんだよ。だれだとおもう？　ぜったい内輪のヤツだとおもうんだ。オレのことをよくしってる人間だよ。だって、テキストを理解したあげくに一箇所だけ語彙をとり換えるなんて、巧妙すぎるよ。ふつーすげーダサくなるはずなんだよ。だけど、なんか絶妙なポイントでとり換えてる。ぜったいオレのテキストをよくわかってる人間」

「だからおれが犯人だと疑った？」

「え」

あたるはめずらしく、ひるんだ。おれには脅すような意図はなく、どちらかというと頭がしっかり働いていないからなんの気なしに言っただけのひとことだった。けどあたるは、黙った。

「ちがうって……。だって」

おれには無理だから。

そんなにあたるのテキストを理解して語彙を取り換えるなんておれにはできるはずないから。あたるの言外の声がよく聞こえた。そういわれると、やってみせたくなる。あたるの思いも寄らないことばをつかって、あたるの内的世界を脅かしてやりたくなる。おれにはあたるの偽アカウントをつくった人間の気持ちが理解できるような気がした。

「そういうのは放置一択なんだろ……」

そう付け加えると、黙ってあたるは自分の席に戻った。おれはとても眠たくて、チャイムの音と同時に起立もすることなく眠りにおちていった。


「辛気くせーんだよ！」

おれとあたると三人で昼を食べはじめて一分もたたないうちに、浦川さとかは言い放った。すぐさまおれとあたるがいつもより沈黙がちだということに、気づいたらしい。

「なんなの君たち。ケンカ？　殴りあうの？」

浦川さとかはすごい。おれは購買で買ってきたパンを嚙みながらまじまじ眺めた。そして今日もとてもカワイイ。

「さとかちゃんはちょっと空気をよんでよ！」

たまらずあたるは言った。

「空気を読め？　ふっ」

浦川さとかはあたるのつくった卵焼きを箸で挟んだまま、くつくつと笑った。

「空気を読めだなんて、天才作家志望の坂下あたるの言うことなの？」

あたるは、「くっ……」と言って黙った。

「読むの？　どうやって？　空気を？　わたしにもわかるように教えてくれる？」

あたるにとっては厄日だろう。おれは昼になってようやく体温も上がってき、浦川さとかの顔も眺められてすこし気分がまぎれてきた。だからそんなふたりをみてハハッ！と笑うことができた。

「笑うなし」

あたるも弱々しく笑っている。本心では、気まずさを逃れてほっとしているだろう。

「毅くんに見放されたら、あたる友だちゼロだよ？」

浦川さとかは冷笑した。

「わかってるよ！　いわないでよ気にしてるのに！」

あたるは興味の範囲が他の同級生とかなり隔たっているので、中学時代はずっと図書館に籠って孤独にすごしていたらしい。

おもいだす。高校で再会し、一年でおなじクラスになって、二年でもおなじクラスになって、いつからかつるんでいたけれど、初めのころのあたるはこんな感じじゃなかった。すごく無口で、それなのになぜか周囲をすべてバカにして、見下してるってすぐにわかるような態度だった。それなのにほんとは気がちいさいから、自己主張を貫くこともなく、卑屈にヘラヘラしたりしていて、クラスのなかですごく浮いていた。

おれは穏当にしていた。けっきょくおれはプライドとかこれといった主義主張に欠けているから、誰の話だっておなじように聞いてしまうのだ。

一年次の文化祭の日、友だちのいないあたるは漫画研究部の出し物として常設していたマンガ喫茶の店番を一日中買って出ていた。おれはまだそのころあたるとほとんど口を利いたこともなく、ただの帰宅部でしかなくて、漫画を読みにくる客に交じって眠っていた。

午前中をすべてそれで費やすと、昼の時間にあたるとふたりきりになって、それでもおれはまだウトウトしたまんまで、じっと文化祭の喧噪《けんそう》の枠外で騒ぐ声を夢のなかみたいに聞いていた。

机に横顔を引っつけたままボンヤリしていると、「君はよく寝るな」とあたるに言われた。

「うーん……」

「おもえば、小学生のころも。授業中にオレが目撃したはじめての寝だったから、おぼえてる」

「ハハッ……『はじめてのね？』おもろい語感だな」

「はあ。ありがとう」

「うん。夕方まではとにかくずっと眠くて。病気かも。おれ」

「それ、病気とかじゃなくて、矯正できない夜型なんじゃない？」

「矯正できない夜型」

「体内時計にも、矯正できるヤツとできないヤツがあるんだって？　きみのはできないヤツなんじゃない？」

「たしかにね……試してはみたんだけどね。睡眠矯正」

「というか、こうも朝型生活を強制される学生生活で適応できてないってことは、たぶんそうなんじゃない？」

「そっか……そうなんだ……君が言うとおりなら、ちょっと気がらくになりますわ」

「ある種の暴力だからね。朝型強制社会っていうのは。それで脱落する才能のあるひともいっぱいいるとおもうよ」

「坂下くんは夜型なの？」

「オレは特殊。一日二回、二時間ずつねむってるから。夜十時から十二時と、朝方五時から七時に、二回ねてる」

「よく二時間で起きれんな」

「二三時間の眠りのほうが、かえってスッキリ起きれるときない？」

「たしかに。四五時間だとすっげー寝足りない感じなのになあ」

「だからげんみつにいうとオレは朝型も夜型もどっちもムリなのかもね」

「そっか。なんかありがとう」

この短い会話を仲よくなったあとで検証したところによると、あたるとおれはそれぞれまったくべつの部分に感動していた。

おれは矯正できない寝坊癖を、だらしない扱いしない同級生にはじめて会って感動していた。あたるは自分の言いたいことをスムースに言える相手に出会って感動していた。

おれは会話のブラックホールだ。誰になにを言われてもそう引っかからない。右から左にながすように、相手の言うことを聞いてられる。おれもあたるも、「こんなヤツにははじめて会った」とおもった。

「オレ、小説とかかいてるんだ」って言われたり、「オレ、浦川さとかのことがすごくすきかもしれない」って言われたり、「オレの詩が『現代詩篇』に採用されたわ」とか言われたりして、そのときどきにすごく素直にビックリしてきた。それでおれはあたるの巨大な思索にのみこまれるように、詩や文章に興味をもったり、『Plenty of SPACE』に投稿してみたりして、いまに至る。

いつの間にかあたるも周囲からすごく浮いているというふうでもなく、あまり打ち解けていないながらもどこかやわらかい印象に変わった。でもやっぱり、友だちはいない。あたるの話をまともに聞く人間はいない。なにを言ってるのかわからないヤツ、という扱いをされている。

よく本を読んでいるのは知られているが、小説や詩や批評を書いていることも知られていない。いまでは「浦川さとかの彼氏」ということでよけい遠ざけられている。

三人で帰宅していた。あたるの自転車のうしろに腰かけた浦川さとかが、めずらしく華やいだ声で言った。

「もうすぐ夏休みかー。どうしよ。どこ行こっかなー。毅くんはなんか予定ある？」

「特にないよ。すごい寝る」

「さとかちゃん、オレにもきいてよ。どっかいこうよ。オレたちつき合って三ヶ月にもなるのに、いまんとこまだデート感ゼロだよ」

「は？　お前とどっか行くとか、退屈すぎて無理」

「ひど……」

これはいつもの光景。

おれは横で自転車を走らせながら、無言でシャーッとペダルを漕いでいた。浦川さとかはぐっとあたるの腰にしがみついている。それだけでもほんとはすごく羨ましい。

月末の『現代詩篇』の〆切のことをボヤボヤ考えていた。だけどいままでに書きつけた断片はイマイチで、ぜんぜんうまく繫がりそうにない。いつの間にか詩のことばかり考えている。あたるといっしょにいても、べつの世界を持ったようで、そこはかとない後ろめたさをおぼえている。その感情にドライブをかけて、いい詩情が発生すればいいんだけど。だけどいまんとこ、ぜんぜんこない。

おれの詩情。おれのポエジー。

こい！

って願ってるけど、ぜんぜん降りてこない。もう尽きたのかもしれない。ポエジーが。

気がつくと、浦川さとかがじっとおれの顔を覗き込んでいた。

「……なに？」

「なんでも？」

ニヤニヤ笑っている。

「なんだよ、もう」

「なんでもないって、ダブリスくん」

は？

なんで？　なんでしってんの？　まだだれにも、母親にも友だちにもあたるにも、だれにもその名前を洩《も》らしたことなんてないのに。

あたまのなかでぐるぐる回り、パニックに陥っていると、あたるが、「は？　なにいってんの？　リスがなに？」といった。

「お前は耳が腐ってんだろ」

浦川さとかは涼しい顔。おれは平気な顔で自転車を走らせていたけど、あたまのなかでは色んなことが整理しきれず、驚き戸惑っていた。

あたるの偽アカ、おれの現代詩、浦川さとかの秘密。

こんな状況で夏休み突入なんて、なんだかおかしな気分。おれは、ほんとうにはどうしたいんだろう？　そんなことばかり、考えてしまって。


海の日の朝、十一時ぐらいにはたと目ざめると、

……プールいかん？

というＬＩＮＥが入っていた。あたるからだった。

おれは頭をボリボリ掻いて窓にうつる空をみた。今日も今日とて快晴。ここ数日、連続晴天記録が一日ごとに更新されつづけているらしい。

あたるにしては浮《うわ》ついたＬＩＮＥだとおもってまじまじみた。さいきん『Plenty of SPACE』上でのあたるの偽アカ「坂下あたるα」では、さかんに新作が更新されはじめた。最初に発見されたときは、あたるの書いた文章のコピーを一語改変したものだけが上がっていたのだが、ここのところ連続で掌編小説がアップされている。

あたる自身のアカウント「坂下あたる！」はパッタリ沈黙している。おれはそこはかとなく、これはあたるの自作自演なのではないかと思いはじめていた。

だけどおれの考えつくぐらいのことは大抵の人は思いつくようで、

「自演ウザ」

「その歳《とし》でネタ切れとか」

「『!』VS『α』?」

とか、てきとうなコメントが並ぶようになった。一度「坂下あたるα」で投稿された掌編小説に「坂下あたる!」から、〝感想、或いはほしのこえ〟がついたことがある。

「とてもおもしろかったです! 存在しない存在をありえたもののようにかいて、ひたすらに退屈ともおもえる無骨な描写をつみあげていった結果〝存在〟はもとより〝非存在〟の存在すら破壊するような筆致には敬服せざるをえません。しかし一点だけ、『自戒を込めて』いわせていただきますと、肝腎なところで小説の骨組みがゆるっとしており最後の最後でファンタジーに頼ってしまう痕が見えてしまいます。そこについて考えていけば、もっとどんどんすばらしい小説がかける才能だとおもいました!」

おれはそれを何度も熟読した。あたるはなにを言っているのだろう? 内容も意図もなにもかもが、おれにはわからない。

その〝感想、或いはほしのこえ〟には「坂下あたるα」からの返信が即座に入っていて、『坂下あたる!』さん、〝感想、或いはほしのこえ〟ありがとうございます。おもしろかったとのこと、とてもとてもうれしくおもっています。いっぽう、ご指摘いただいた内容には、さすが『坂下あたる!』さんと感服せざるをえませんでした。まだまだ精進してまいりますので、よかったらまたよんでやってください!」という内容で、穏当きわまりないものだった。

これに関しておれは現実の坂下あたる、あるいは「坂下あたる!」に見解を求めていない。一度聞いてみようとおもいつつも、もし親友の底の深い闇とかに繋がっていたら、自分の創作もままならなくなる気がして、放置していた。
スマホをコチコチ操作しつつ、
……さとかちゃんと？
と返信すると、即座に
……そう！
と返ってきた。
……ふたりでいけよ。デートじゃん、念願の
……それがさあ、さとかちゃんの友だちもくるんだって。なあたのむよ～　拒絶したらたぶんデートすら成立せんよ
友だちかあ。おれは学校指定のではない、ちょっとカラフルな水着を探しに箪笥《たんす》をまさぐった。水分が足りないのか、寝過ぎのせいかちょっと頭が痛い。水着を見つけて安心するとどうじに、おれは冷蔵庫のなかの麦茶を取りだしてポットのままぐびぐび飲み干した。

地元の水上《すいじょう》公園まで自転車を飛ばして合流すると、あたると浦川さとか、浦川さとかの友だちだという女の子がすでにいて、「京王蕾《けいおうつぼみ》です」「あ、どうも佐藤毅です……」とサクサク自己紹介をこなし、さっそく入場して着替えようという運びになった。
京王蕾は浦川さとかと比較しては地味といわざるをえないが、ショートカットにかぶさるまつ毛のしたの黒目が縦に大きくて、笑うとその周囲の筋肉がゆるみ、白目の部分がすごくすく

なくなった。感動した。着替えているときに、「いいじゃん！　蕾ちゃん、いいのきたな！」とおれは興奮してあたるに言った。

あたるはTシャツを脱ぎつつ、「さとかちゃんは友だちを顔で選ぶからね……」と苦笑い。

「なんか、声すらもかわいくてやさしそうだったし。さとかちゃんと違って！　これは奇跡では？」

「お前……。そんなにテンションあげてると後悔するよ」

不可解なあたるの沈鬱を訝《いぶか》しがりつつ、早々に着替えを終えて女子を待つ。なかなか来ない。女子はいろいろと長いからなぁとばくぜんとした感慨でひたすら待っていたが、ちっとも来ない。いいかげん空腹をおぼえはじめたころ、「あつーい」と言いながら、浦川さとかと京王蕾がやって来た。

水着！　かわいい！　おれがごくりと唾とかを飲んでいると、あたるは「ちょっとちょっと！　いくらなんでも遅いよ！　すごいよ！　女子の着替えは謎の時間感覚だよ」と言った。

「うるせえ。ちょっと歓談してただけだろ。くずが」

と浦川さとか。きょうも切れ味がすごいな。

「ちょっと歓談とかのレベルじゃないよ！　四十分とかだよ？」

となおもあたるが食い下がると、京王蕾が消え入りそうな声で「すみません……」とつぶやいた。

「いやいや、まあまあまあ。いいじゃんあたる。一日はまだ始まったばかりだし」

「ほんとすみません……わたしがノロノロしていて」

「いいよいいよ」

「あなたたち男子みたいに、食事といえばカレー、飲み物といえばコーラ、おしゃれといえばチェック、みたいな田舎の用水路みたいに浅すぎる思考回路ではないので、つい長く話し込んでしまうもので」

え？

おれはあたるを見た。あたるの同情的なまなざし。

浦川さとかは「ぽみ言えてる」と言った。

「ぽみ？」

「蕾の仇名《あだな》だよ」

「なるほどー……」

浦川さとかの友だちなのだから、一筋縄ではいかないのはわかりきっていることだった。あとでアイスボックスを買いに行く途中であたるは言った。

「さとかちゃんの友だちはたいてい口が暴虐なんだよ」

流れるプールで流れ、ウォータースライダーでスライディングし、潜水プールで潜水し、疲れきったわれわれはアイスを食べていた。

肌がこんがり焼けて痛い。おれはちょくちょく京王蕾の水着姿を盗み見ていた。水のなかでちょっとでも皮膚がふれるだけで、すごくドキドキしてしまう。浦川さとかのスタイルにはビビってしまうのだけど、京王蕾の繊細な肌はすごく気持ちをそそられる。浦川さとかは流れるプールで何度もあたるをしずめてよろこんでいた。京王蕾も笑っていた。それでもふたりともカワイイと思ってしまう。

浦川さとかに佐藤ダブリスの名前がバレていると判明しても、しかしなにも言われはしなかった。夜中のデレＬＩＮＥもなかったし、学校で会ってもそのことにふれてこない。おれもなにをどうしていいか決めかねていた。だけど、どうしてか浦川さとかのことが気になってしまう。

顔がすごく好きだ。浦川さとかの顔がとても好き。十二時前の二時間のことを知っているから、さらに気になってしまう。自分のことでもウンザリしてしまうのだが、さとかちゃんにドキドキしてしまう気持ちはこのところ拍車がかかっていた。

さとかちゃんが、「あたる、もう一回ウォータースライダー」と言った。

「やだよ！　さとかちゃん後ろからすごい押すじゃん！　もはや押すとかじゃなくて、完全に蹴ってきてるじゃん！」

「これは提案じゃないの。命令」

そうしてあたるとさとかちゃんはもう何度目かわからないウォータースライダーに行った。

京王蕾とふたりきりになると、「お茶でも飲みます？」と声をかけられる。

「あ、ありがとう」

タンブラーからコポコポと、湯気のたつお茶をいれる京王蕾。なんだかほんのりと甘い独特のにおいがする。

「この暑いのにっておもうかもしれないけど、つめたいものばかり食べてずっと水着のままでいると、お腹《なか》が冷えちゃうよ」

「あ、ありがとう」

女子力……。おれがそれを目の当たりにして圧倒されていると、「さとかの恋人っていうからどんなんかと思ったら、あんなの、なんか拍子抜け」と言って、京王蕾はまた黒目がちに笑った。

「まあ……、みてくれはボンヤリしてるけどさ、アイツには才能があるんだよ」

「しってます。文学とか詩とかについてゴチャゴチャ言うの、わたしほんとキョーミない。なんとも思わない。小説読んで人生豊かになってるつもりのタイプ、ほんと害悪だと思ってるし。勝手にやってください、って感じ。べつに否定するわけじゃないけど、押しつけないで、っていう。なんかそういう人たちって、文豪フリーク美談すごい言うじゃん？　安部公房《あべこうぼう》は狂ってるとか、谷崎《たにざき》は変態とか、太宰は十代で読めとか、そういう浅いトークで人生トクした感出さないで勝手に読めばいいのに」

「……」

「それにしてもさとかが才能に惚《ほ》れるタイプだったなんて、それに驚いてるだけ」

蕾ちゃんは微笑《ほほえ》みながら、湯気のたつ茶をすすりおれをまっすぐ見やった。汗の玉がつややかな細い喉をつたっている。

「あたるくんもさとかの見た目じゃなく、才能に恋してるみたい。なんかあたるくん性欲とか薄そう」

「えー、そ、そんなこと」

「おい、これぐらいで引いてんじゃないよ。さとかを見る目が、あからさまにエロいんだから」

「そんなん、しょうがないだろ……。さとかちゃんも蕾ちゃんもかわいいからさぁ」

「毅くんだって、すっごく肌がきれいだね。うらやましい」

「え？　そう？　なんもしてないけど……」

「まんまと上から目線になってんじゃないよ。社交辞令だよ。なにもしてない若い男の肌がきれいなのはあたりまえなの」

「えー……」

「毅くんは女子の水着みてスケベラッキーぐらいに思ってるのかもしれないけど、わたしたちだってあなたがたを消費的に見ているのを、わかってる？」

「……え、どういうこと？」

京王蕾は黙って髪をかきあげた。なんだかすごく……官能的。なにかが閃《ひらめ》きそうだ。これは詩情？　ファンタジー？　わからない。なんだかすごい、いままで感じたことのない、ドキドキを感じている。ムラムラしているのともまた違う。

よくわからないけど、なんだかすごいぞこの女の子。

「毅くんがさとかのことを好きだろうがわたしにはぜんぜん興味ないけど、どちらかというと、うらやましそーにあたるくんを眺めているあなたに、可能性を感じてるよ。ねえ毅くん、また遊んでね」

気がつくとおれは、「ウン……」と頷《うなず》いていた。


ウォータースライダーからなかなか戻らないふたりを待ちわびて、おれと京王蕾は流れるプールでまったり浮かんで流される時をすごしている。おれはボンヤリと青空を眺めながら浮き輪のうえで浮かぶ。

ふと遠くに、あたるとさとかちゃんがいるのが見えた。

すごく、ふたりの距離が近い。手を繋いでいて、それだけでも驚いていたのだけど、ゆくゆくどうするのだろうと静観していたら、おもむろに口づけしていてビックリした。

いつの間に、あんなこと、できるようになったんだ、ふたりは……。

という感想しか浮かばなかった。

目にした場面にショックを受けあぐねていると、「さとか、ファーストキスの巻……」と京王蕾がつぶやいた。

おれははっとした。

「……みた？」

「みたよ。バッチリみた。歴史的瞬間」

蕾ちゃんは満面の笑みを浮かべていた。

「今日の十時がたのしみ」

「知ってんの？」

「なにを？」

「浦川さとかの、夜の顔」

「そりゃ、何年来のつき合いだとおもってんの？　小学校からいっしょなんだよ。君とあたるくんといっしょ。なんでなのかわからないけど、むかしから夜メンヘラなんだよねー」

「おれたちは……仲よくなったのはこの三ヶ月ぐらいだよ」

「そうなの？　でもみた？　あたるくんの、意外そうな顔。わたしたちがいたからだよ」

「なにが？」

「さとかがあたるくんにキスしたの。今日わたしたちがいたから」

「え？　なんで？」

「わからないひとにはいくら説明してもわからないよ」

そのあと、平気な顔をしてさとかちゃんとあたると合流するのが、すごく難しかった。あたるもヘンな顔をしていたし、さとかちゃんは普段どおりに見えたけど、おれのほうが緊張してしまった。

友だちが初キス。友だちが初キス。友だちが初キス。

おれはずっとそんなたあいもない事実を反芻《はんすう》していた。おれたちが遅れてるといったらそれまでだけど、だけど、べつにイマドキだからといってだれもかも経験に長《た》けているわけでもないし、経験に飢えてるってわけでもない。なにもかもはやくすませる風潮に倦《う》んでいる高校生だって、いっぱいいる。

けっきょく閉園時間まで、われわれは泳いだ。ぐったりと自転車のハンドルにもたれながら、四人並んで帰る夕ぐれ。京王蕾はスカートをなびかせて夕陽《ゆうひ》に輝いているように見えた。

浦川さとかはあたるの自転車を時おり蹴っていた。

おれはどうしてもチラチラ京王蕾を見てしまう。さっき京王蕾がいきなり饒舌になって言った内容、いまでは幻みたいにおもえる。あれから京王蕾は基本ニコニコとそこにいて、口数すくなにときどき嫌みなことを言うだけだった。あんなふうに神秘的饒舌にはならない。

なんだか、どっと疲れた。

別れぎわ、京王蕾に、「ねえ、穀くんＬＩＮＥ教えて」と言われ、おれはほいほい応じた。

「ぽみ、穀くん気に入った？」

「気に入った〜。めっちゃ話しやすい」

朗らかに笑う京王蕾。

あたるの不審そうな顔を確認すると同時に、猫スタンプがおれの携帯画面にポコンと浮かんだ。

そうして別れて数十秒後、携帯がふるえたので見やると、あたるからのＬＩＮＥで、

……ちょっと、第四公園集合！

とある。

……えー　なんだよ

……いいから！

なんだなんだと疲れた肉体を引きずるようにペダルを漕ぎ漕ぎ、十分後、第四公園の砂場の前にあたるがいて、自転車に跨《また》がったままスマホをじっとみていた。

「すまんすまん」

「なんなんだよ。別れたのさっきのさっきだぞ」

「ちょっと、はなしたいことが……」

と言うので、初キスのことかと身構えた。夏の公園の匂いがした。ブランコでひとり遊んでいる少年がいる。それ以外はおれとあたるのふたりきりだった。

あたるはなにやらモジモジしている。言うならはやく言え。おれはなにしろ複雑な気分を持て余したままじっと待っていた。

「蕾ちゃんのことなんだけど……」

「え？　蕾ちゃん？」

おれは拍子抜けして、一瞬息を抜いた。

「蕾ちゃんがどした？」

「オレもはじめて今日あったんだけど、なんかあの子、ヘンじゃね？」

「ヘン？」

あたるはおれに思い当たるふしがないのが意外なようすだった。

「毅、感じなかった？」

「ウン、べつに……。ちょっと変わった子だなあとはおもったけど」

「え～。オレだけ？」

あたるは脱力したように、自転車のハンドルの中心に突っ伏した。

「いやいや、それコッチのせりふだし。なになに、あの子なんか秘密でもあんの？」

「いや、いい、お前がそう感じてないなら、いい。なんかお前ら、このままつき合いでもしそうないい感じだしてたから、なんか不安になってきちゃって……」

「それって、おれに彼女ができたらおれをとられる嫉妬みたいな感情？」

「ちげえし！　てか、そういうとこだし、毅が蕾ちゃんに興味をもたれた感じ」

「は？　わからん」

その瞬間、ふたりきりのときに京王蕾が言っていた意味深なせりふをはっと回想した。

……毅くんは女子の水着みてスケベラッキーぐらいに思ってるのかもしれないけど、わたしたちだってあなたがたを消費的に見ているのを、わかってる？

……毅くんがさとかのことを好きだろうがわたしにはぜんぜん興味ないけど、どちらかというと、うらやましそーにあたるくんを眺めているあなたに、可能性を感じてるよ。ねえ毅くん、また遊んでね。

「……やっぱ、マジでわからん」

「なんか、ちがう、底知れぬ悪意を感じる。なんだかオレ、ヘンな気分になってきて」

「ヘンとは？」

あたるは半袖から伸びた肘のあたりをさするようにして、「なんか、オレたちの関係丸ごと壊れちゃいそうで、ビビった……」と言う。

「初対面だぜ？　そんなおおごと？」

「や、だけどさ」

「あたる氏大袈裟《おおげさ》～」

「そういうんじゃねえって！」

あたるはめずらしく、声を荒《あら》らげた。

「なんか、ちがうんだよ……。お前にはそういうふうにしてほしくないんだ……」

おれはすこしムッとした。あたるの言っている内容というより、なにか言いかたが煮えきらず、いつものあたるのわからない感じとも違う。ただたんにことばが足りない感じがして、らしくないとおもえた。

「なんだそれ。ハッキリ言えよ」

「なんていうかさ……。なんか、なんかさ……」

「なんかなんだよ」

「いま考えてるとこだろうがよ！」

「おせえよ。いつものテンポに慣れてるから、遅く感じるんだよ」

「さいきんなんか、すげえいいたいことといいにくい感じがするわ。オレら。お前なんか隠してない？　なんか、はっきりいえないけどなんかヘンだよ」

「うるせー。さっきキスしてたくせに」

「……は？」

「どっちだよ、隠してんのは」

「うそ？　みてた？」

「みてた」

「べつにいいじゃん。関係ないし」

「関係はないけど、おれにあたらないでくださーい」

あたるは沈黙した。おれは自分の引け目を指摘された気がして内心落ち込んだ。だけど、やっぱり心のどこかではムカムカしている。あたるだって、『Plenty of SPACE』でαと闘っていることとか、その内容とか、説明してくれないじゃん。

けど、はたと気づいた。元々はあたるにそのことを相談されたときに、ちゃんと聞かず適当に打ち切らせたのは、おれのほうだった。でも、それはあたるがおれが犯人なんじゃないかって、一瞬でも疑うようすを見せたからで……。

思考が堂々めぐった。

「なんか、スゲー気まじいじゃん。なんだよ、なんなんだよ……」
あたるはつぶやいた。それで、しばらくしたあとおもむろに地面を蹴って自転車を走らせた。

そのあと一週間ぐらい、あたるとなんも話さず連絡もとらなかった。Twitterでつぶやくこともなく、『Plenty of SPACE』でアクションを起こすこともなく、あんなにいろいろと知りすぎていたあたるの行動のすべてをおれは知らずに毎日ダラダラすごしていた。
それから浦川さとかからは一度ＬＩＮＥがあり、京王蕾とも一度会った。
さとかちゃんからのＬＩＮＥは、
……あたるとケンカした？
という内容だった。
おれの詩の投稿名をどうして知ったのか、言いもしないうちに、またデレＬＩＮＥをしてくるなんて、いい気なもんだぜと思った。夜の十一時。あたるは夏休みでも生活ペースを乱すこともなく、寝ている時間だろう。
……てかいい機会だから逆に質問なんだけど、なんでおれの詩の投稿のことしってんの？
……毅くんがわたしの質問に答えたら答えるよ
……わかったわ。ケンカ？　してねーよ、ちょっと、気まずいだけ
……やっぱそうなんだ。ケンカじゃん。あんなにＬＩＮＥしてたのに、一切してないっていうならもはや

……そう？
……ねえ、お願いだからさ、折れてあげてよ。あたるはそういうの、知らないんだよ。ケンカのしかたも仲直りのしかたも、知らないの。わかってるんでしょ？
……こんどはこっちの番だし。なんでおれの投稿名しってんの？
……盗んだから
……へ？
……きみが放課後ひとりきりの教室で封筒にプリントみたいなの入れて、だいじそうにだいじそうに抱えているのを何度かみて、なんか妙に気になって、一回盗んだから
……えー！　ひくわー
……きみ、脇があまいよ。スキミングとかに引っかかるタイプだよ。わたしはちゃんと鞄《かばん》に戻してあげたけど
……そもそも盗《と》るなよ！　中は見てないだろうな？
……見たよ。でも作品は見てない。それは誓う。一枚目の投稿者情報のところできみのペンネームをしった。それだけのことだよ
……うそだー。見ただろー
……ほんと。見てない。信じてもらえないだろうけど、信じてもらうしかない。安心して。きみの詩をいつか読ませてよ
……うわー。なんか恥ずい

……まじめに。読みたいよ
……やだよ。やだやだ
……じゃあ、それはおいといて。あたると仲直りして
……やー　だからべつにケンカしてるわけじゃねえって
……いうよ？
……え？
……詩の投稿のこと、あたるにいうよ？
ハッ！
ふとスマホの時計をまじまじ見る。十二時を過ぎている。夏休みだから、さとかちゃんがちょっと夜更かしをしていたのだ。あたると違って。人が変わったように、どんどん追い打ちのLINEが届く。
……ねえいっちゃうよ？　今にもいっちゃう勢いだよ？　あたるに、LINEしちゃうよ？
OK？　その認識でOK？
……ちょっと待って！　怖い　豹変《ひょうへん》怖い
……そういうのいいから。いうよ？　いい？　指先で送るあたるへのメッセージでぜんぶいうよ？
……わかったから！　機を見て回復するようにおれから、なんとかするから！　待ってくれ！　ちょっと待ってくれ

……　ＯＫＯＫ　わかればＯＫ
……言うよ。正直に。自分の口で、投稿のこととか、そういうの、ぜんぶ……
……そうしなさい。あのね、文学やら詩なんかやってたら、社会にでたあと、話を聞いてくれるひとなんていなくなるよ
……え？　なんで
……ふつうの人はそういうのないでしょ。自分の生活でいっぱいいっぱいなのに、なんでわざわざそんな面倒くさいことする？って根本的に話合わないの
……そんなあ
……あたるがそうだけど、もう毅くんも将来そうなるんだよ？　ぼっちだよ？　あたるを笑えないよ？
……えー、おれはそんなんないよ、いまだに詩集の一冊も読んでないもん
……でも、投稿欄は読んでるでしょ？
……それはまあ……
……一瞬だよ。あなたがたは友だちをだいじにしたほうがいいよ。一瞬。孤立までの距離、一瞬
……へいへい！　わかったたって
それでその夜のＬＩＮＥはおわった。履歴を読み返すと、悪夢のようだった。それでも、あたるとおれが気まずくなっている件を心配しているあたり、まだ平素の暴虐ぶりは十全には発

動していないのだろうか。

京王蕾とはその二日後ぐらいに会った。

原宿のカフェを指定されたので、パンケーキパンケーキと思いつつ赴くと、純喫茶ふうのおちついた外装の店で京王蕾がにっこり笑っていて、おれはちょっとたじろいだ。

「ここ、フルーツティーがおいしいよ」

と言う。しかし高い。九百五十円もする。そもそもここに来るまでが果しなく遠かった。交通費と併せて考えるだに、おれはくらくらした。しかし、世間の高校生がすなるデートなどのことを考えると、この程度の出費は安いほうであり、このような経緯で皆バイトなどをしているのか、と社会勉強にもなった。

「あ、おれカフェオレがいいかな」

「毅くん、詩を書いてるんだって？」

と言われ、おれはまだ飲んでもいない飲み物を吐き出しそうになった。

「え！　なんで？　なんで知ってんの？」

「なんででしょう？」

さとかちゃんに聞いた以外ない。ひどい。あたるに告げられていないだけ感謝すべきなのかもしれないけど、それも時間の問題なのかもしれない。焦る。

「あなたがたはすぐそうやってことばで『自分を表現』しようとするんだからなー」

京王蕾はそう言ってニヤニヤし、カボチャのお茶を啜《すす》った。すごくいい匂いがする。

「おれはそっち側じゃないよ」

「もう同じだよ。そういう自覚もったほうがいいよ」

ぐ……。さとかちゃんと同じようなことを。言い返せない。

「でもおもしろーい。さとかから聞いておもわず興奮しちゃった！　なんなの、君たちの関係って。めちゃめちゃヘン！」

からから笑う京王蕾。おれの頼んだカフェオレが届き、おれは一口飲んだ。すごくうまい。ふだん飲んでる紙パックとは比較にならない。これが上質……？　味への感動に引き摺《ず》られ、ぐるっと内装を見渡して、音楽に耳を澄ませるよゆうがようやく生まれた。味覚がすべての感覚をひっぱって連れてきてくれたみたいだ。

「ヘンかなあ。でも、おれからするとみんなヘンだよ。部活に懸けてるヤツの気持ちもわからんし、ひたすらいい大学に受かろうと勉強がんばってるヤツのこともわからんし、踊ってみたり、歌ってみたり、デコってみたり、男も女も、みんなヘンだろ」

「だけどさー。毅くんはさとかが好きなわけでしょ？　顔は好きだけどさ」

「えー。なんか好きってのとは違うんだよ。顔は好きだけどさ」

なんだかおれは、出会って二回目の京王蕾に、なにもかも言いすぎている気がした。自制しようとするそばから、ぽんぽんとことばが口をついてしまう。この感覚はなんなんだろう。

「あたるくんとつき合ってるさとかが好きってこと？　それならわかりやすいけど」

「うーん……どうなんだろ。なんか自分でもよくわからんよ。さとかちゃんだってすっげーおかしいしさあ。彼氏にだけ永遠にデレないツンデレなんてさ」

「それはあたるくんのせいでもあるでしょ。おかしな生活ペースを維持してるから」

「まあね」

「で、あたるくんは詩や小説を書いたりしてて、毅くんはあたるくんに影響されて詩を書いてて、それでさとかはそれを知ってるけどあたるくんは知らないって、なんかすっごいおかしい。そういうの好きだわー。そういう感じ好きだな」

「自分でもどういう感じなのかわかってないけど……」

「近日ちゅうにあたるくんにはカミングアウトするってわけね」

「カミングアウトって！」

おれが冗談にしてしまおうと誤魔化しても、京王蕾は臆せずニヤニヤしている。店員が水を足しにくると、奥の席にチワワを連れた客が座っていることに気がついて驚いた。その犬の宇宙的瞳をまじまじ見てしまう。

「ここ犬ＯＫなんですね。はじめて知った。おもしろーい」

「蕾ちゃんはおもしろずきなんだね」

そういうと、「おもしろずき？　はじめて言われた。だってみんな好きでしょ。おもしろいの」。

「そうだけどさ……。おれとあたるとさとかちゃんの三角関係みたいなのがおもしろいの？」

「うーん、まあ、なんともいえないけど、わたしって重めに腐ってるし」

「え？　どういうこと？」

「まあそれは置いといても、なんか、ドラマとか小説みたいに、スッキリ役割分担されてるようなのがなんか気持ちわるいんですよ。わかります？　この感じ。勧！善！懲！悪！　みたいな」

「え、なんで突然敬語になった？」

「ノイズみたいなのが好きなんです。テレビドラマにならないような？　マンガや小説では取りこぼしちゃうような？」

「え、無視ですか？　いっても、小説なんて好きじゃないでしょ？」

「好きですよ」

「ええ〜。だってこのあいだ……」

「このあいだは、『文学とか詩とかについてゴチャゴチャ言うの、わたしほんとキョーミない』って言っただけで、文学そのものに興味がないわけじゃないもん。あと文豪とかはジャンル違い。あたるくんの作品もチラホラ読んだし。才能ありますよね。なんかムカつくけど」

「ムズい！　けど、この感じ、なんか思い当たるぞ。もしかしてだけど、あたると蕾ちゃんて、ちょっと似てるんじゃない？」

「同族嫌悪を自覚してます」

だからあたるに怖がられてるんだよ、とは言わなかった。時間がたっていて忘れかけていたけれど、そもそもあたると気まずくなったのも京王蕾が関係しているのだった。あたるが京王蕾のことを「なんか好かん」というふうに言ったことから色々とはじまった気がする。そしてあたるがそう言った理由もなんとなしにわかった。

「これからもこのおもしろを、共有してほしい！　またぜひ、会いましょう。最近おもしろストックが減ってきていたから、渡りに船ですわ。そんでぜひあたるくんとは早急に、仲直りしていただいて！」

なんだこれ。カフェオレを飲み干した。

「じゃ、わたしこれから買い物して帰るんで、どうぞあとはお好きに。自由行動で」

「え」

「わたし、買い物はひとりでする派なんで」

と言われたので、ひとり原宿をあとにするおれ。なんだこれ、ほんとに。

ふたりの女の子にそれぞれ迂遠《うえん》な方法で「あたると仲直りしろ」というメッセージをもらったようで、おれはどんどん気が滅入《めい》っていった。だってそうだろう。べつに次に顔を合わせればふつうに戻れるとわかっている相手に向かって、「仲直りしよう！」のメッセージを発するって、「おれらケンカしてたよな！」って確認しあうみたいで、すごく気色わるい。

だけど浦川さとかはいまにも詩の投稿のことをあたるに報告しそうで、むしろ既にしていそうでもあって、それがおれのいちばんの焦りの種だった。月末の『現代詩篇』むけに今月書いた詩の推敲《すいこう》をやっていると、どんどんダウナーになってきて、ポエジーなんてとんでもないような情緒に落ち込んでいった。それでいつもみたいに、自堕落に布団のうえでウダウダしたまんま完全なる自己嫌悪の闇におちたところで寝に入った。

目をさますと深夜一時だった。ふしぎにスッキリしていて、まるで八時間寝たあとのように意識がきっかり目ざめていた。プラスペ用語でいうところの、まさにフレッシュ！って感じだ。夏休みだからあした学校に行く義務もないのだし、この全能感をなにかに利用したい。それでおれの頭に浮かんだのはふたつの案だった。

1　投稿詩を仕上げてしまう

2　あたるにメッセージする

タイミングてきには1を優先したかった。締切まであと二日。そのあいだに情緒のドライブがかかった今のようなテンションで詩を仕上げられるとは限らない。

だけどおれは、スマホを取りだして、メモアプリではなくＬＩＮＥを立ちあげて、あたるに、

……眠れん

と送った。返ってこないならそれでしかたない。そのときはあきらめて詩の作業に没頭しよう。だけどすぐに既読がついた。

おれはドキドキした。なぜだか緊張していた。はじめてあたると気まずくなっていることを、

まともに自分が認めたという気持ちになっていた。

あたるがこわい。なんでだかわからないけど、すごくそう思った。それは、おれがあたるに甘えているせいだろうか？　これがひとに甘えるということなのだろうか？　日常では友だちのいないあたるがおれに甘えてるっていう構図を基本にしていたところがあったけれど、逆の可能性に思いあたっていますごくこわい。

だけどそういうのって、どっちが真理ってわけじゃなくて、どっちが正解ってわけでもなくて、どっちもどっちなんだとも思う。たんにいまは、おれの主観がすごいだけなんだ。そんな思考ループが一周もしないうちに、あたるからの返信はきた。

……お
つづけて、

……散歩いく？

とある。

それで心からあんしんして、はじめていままで自分がどれだけの不安をやりすごして毎日を生きていたのかを知った。情けないけど、その気持ちは真理に近いように思えた。

……いく
……セキ薬品の駐車場集合！

それでおれはすぐさま夜に飛びだした。

夏の夜は川のなかにいるみたいだ。熱が吹く風の涼しさを伴って、波がうねるように肌にさわる。水温はたかいのに、肌感としてはつめたい水圧みたいに。半袖から腹のしたに吹きこんでゆく風が汗を乾かして気持ちよかった。

いぜんとしてまったく眠気はなく、頭はスッキリしていた。閉店したドラッグストアの駐車場に先に着き、車止めに座ってあたるを待つ。

おれは、あたるに対する秘密を溶かそうという、決意の熱で火照っていた。投稿詩のこと。それでだせえと思われても、もういい。詩人志望の選外佳作野郎で、あたるとつき合っていこうと、決めていた。


「ういー」

あたるはニコニコしていた。機嫌がよさそう。あたるもおれと同じぐらいに、安心しているのだろう。だけど、あたるのほうからＬＩＮＥを送ることは不可能。コイツはそういうヤツなのだ。一方的におれがあたるを理解しているのか、あたるを理解している設定のおれをあたるが理解しているのか、考えるとえんえんループに入りこむけど、もうそういうのめんどくさいだろ。

「さっきまで、いい夢みてたきがするー……」

あたるはボヤボヤした声で言った。あたるもたまたま起きてしまった今夜のおれとおなじで、十二時までは眠っていて、起きたばかりなんだ。あたるにとってはそれが日常なんだけど。

「あっそ」

それを合図にして、おれたちは歩きすすめた。真暗な道。とくになにもみどころのない、何度も往き来していて子どものころの自分たちの亡霊すら現れてきそうな、凡庸な道。人っ子ひとりいない道路のまんなかを、ふたりランダムな距離を保ったまままあるいた。

「なんだったかなー。お前とさとかちゃんの両方がでてきたようなきがするけど、おぼえてない。あんま夢ってみないから、新鮮。いまもお前といる夢のつづきをみているようだよ」

「おれは夢ばっかりみるなー。ぜんぜんおぼえてないけど」

街灯が煌々《こうこう》とひかっている。しずかな街のどこかで、トラックのタイヤがアスファルトを擦る音がひびいた。あたるにも聞こえているか、きちんと認識されているかわからない世界の音だった。

「海にいってたのかも。夢のなかでさ。なんかスゲー青かったし。でもほとんど砂浜で、鉄の階段をのぼると砂浜から直接マンションの屋上みたいなとこに繋がってて、お前がコンコンコンってよくひびく音で階段を降りていて、オレとさとかちゃんは屋上で、おしゃれな水色の服を洗って干してた」

「でた夢の話。つまんねえぞ」

「いいだろ。はなしてるほうはたのしんだ」

「ま、そうかもな」

「こんないいきもちになったのはひさびさだ……。最近くさくさしてろくに小説もかけてねーし」

「そうなん?」

「うん、なんかさ、お前にはいつも愚痴っちゃうけどさ……。プラスペのオレの偽アカウントがさ、新作短編小説をどんどん量産していって、それが悔しいけどどれもおもしれーんだわ。サイトのみんなにも、スゲー好評……。しかもどれもぜんぶ、『坂下あたる！』が考えつきそうな着想で、『坂下あたる！』が組みそうな文章で、『坂下あたる！』が展開しそうな思考体系で……『あれ？　オレこの小説かいたっけ？』って、勘違いしてしまいそうな内容で……。だけどいまのオレにはかけない。はじめてだよ。こんな敗北感。マジで、だれがやってんだかしらないけど。レビューで対決姿勢をあおったりしたけど、ぜんぜんノってこねえし、なんだかな……。オレひとりが空回りしていて、電脳空間上で『坂下あたる！』も『坂下あたるα』もオレの関与できないとこで生命をめぐりめぐっているみたいで、なんかすごい、脱力感……。オレがかきそうな着想を、オレより先にかいちゃうなんて、ズルイよ……。おかげで、現実のオレは、スランプ。なさけねーけど」

おれは、サイトを見て大体知っていることだったのだけど、敢えて知らないふうで「ウン……ウン」と黙って聞いていた。坂下あたるはマジでへこんでる。あたるの落ち込みにおれはねじれたよろこびを感じていて、だけど辛いは辛い。おれも辛いよ。からだがちぎれそうだった。

「なんてな。また長台詞キメちゃったけど、いつもきいてもらってばかりでわりいなあ」

「や、いいよ。おれは聞くよ。いつも」

あたるはすこしまじまじとおれの顔を振り返り見て、「そか。よかった。なんか、しってるひとはひとと とおり疑ってしまった。文フリ関係のひととか、Twitter のリストの〝ことばはごかく〟のメンバーとか、読み専のひととか、リアルの知り合いはもちろん……。でもあんな見事なコピーができそうな人間なんてほんと謎だ。お手上げ。いまではオレの、『坂下あたる！』のアカウントのほうが完全なる劣化コピーだよ」。

もう止めてくれ。なんか、ヘンに気持ちよくなっちゃうし、同時に辛い、すごく辛い。だけど、おれはそういう人間だから、どんどんあたるの話を引きだしてしまう。吸いこんでしまう。とくに気の利いた相鎚《あいづち》を返すわけでもないのに。

「あのさあ」

おれは道路の真ん中に立ち止まって、すこし先をみて、話に没頭しているあたるの背中に届ける気持ちで声を投げる。詩の源流みたいなうねりが、からだを突如として、支配した。

白球に中心にしくまれた亀裂が走りわずか裂けはじめた
気泡
おびやかされる日常をかいほうして
内面の膨張をよりよく梱包された丁寧なしかけが
前触れもなく決壊／あまりにもとうとつなそれはむしろ穏当に揮発する
息がとめどなくゆるやかにくるしげ
ある一点においてきわめて安全

ゆううつな罪を関係にたくすのはどう？
どこまでもつづくレールに浮いて
あしたを捏造し昨日を発見します
昨夜の夜明け
がどこまでもあしたをつづいていくのだった

今日を書きはじめて、今日を書き終え
る、その途中を死ぬおれら青春の複数は
たったひとりを取りだせば、ほんとうには手を繋いでいたかったんだよの
後悔でいっぱい
ささやかな甘みに誤魔化され
致死量の果物をほおばる
そんな青／空を破り捨てて

つめたさにあまんじて
夜を没頭する

「おれ、詩を書いてるんだ」

あたるは振り向いて顔を笑わせ、しかし引き攣《つ》った表情をうまく持続できないまま、振り絞るように「ハハ」と笑った。冗談なのか？　なんなのか？　ほんとうのことがまだよくわかってないんだ。

「先月の、『現代詩篇』で、佳作だった……」

付け加えると、あたるは反射みたいに「すげえじゃん」と言った。なにかを判断してつぶやいたわけではなく、その場しのぎの空辣な「すげえじゃん」でしかないのだということが、おれにははっきりわかった。

それから、あたるは前をむいて無言であるいた。さっきまでの早口と比して、あまりにも饒舌な沈黙だった。おれは言うべきことを言った緊張と安心で、月面をあるくみたいなアスファルト上を、てくてくとついていった。

道の端に立っている電信柱の多さと、上空から見下ろされているような電線の存在が急に気になってきた。ふだんはけして気にとめないような風景ばかりが、身にせまってきて、おれは不思議な気分だった。世界を成立させているもののほとんどを、いつもは気にとめてもいない。ほとんどの事物に関して人間は無頓着で大人になる。

文学とか詩とかもそうなのかな、と唐突におれは思った。

あたるは一切こっちを見ないまま、「オレ、お前のこと……『なにもかかないオレ』だとおもってたのかな……。オレは女になってみたいって、前にもいったことあるかもしれないけど、それは女になるってことがいちばん不可能だからだ。つまり、不可能な夢の話だけど、ほんとうは、『かかなかったオレ』になることにあこがれてたのかも。小説なんてかかないで、詩も文学も興味なくて、ふつうに高校生活をおくっている坂下あたるに、なってみたかったのかも。それが、お前だったのかも。いいモデルケースとして、オレ、いい気になって接してたのかも。ということは、オレ、お前のこと利用してたのかな？」と言った。

あたるの反応はおれが想定していたどの反応とも違っていた。だからどう返せばいいのか、さっぱりわからず、ただ黙っていた。かなしげな声が前からひびいてくるのを、ただ聞いているだけだった。

「だからお前が詩をかいてるってきいて、なんかちょっと、『違う』っておもっちゃった。なんだろな……この感じ。お前がオレにいえなかったのも、わかるよ。そりゃオレには、いいづらいわな……。なんか……勝手だけど、すげえヘコむよ……なんか……もう、オレ、スゲー……自己嫌悪」

おれは、なにかを言ってやりたい。だけど、どうしていいかわからない。

いつの間にか児童館に辿《たど》り着いた。子どものころよく遊んだ場所だ。とくに低学年のころあたるじゃない友だちと、プラネタリウムを見たり、鬼ごっこをしたり、虫をとったり、卓球をしたり、紙芝居を見たり、いろいろした場所。あたるもべつの時間を過ごして、べつの友だちと、この児童館で遊んだりしてただろうか？

今はたまたま同じ時間をすごしているけれど、それはながい人生のたった一瞬の交錯にすぎず、おれたちはわかちがたくなにもかもがはぐれていく。

なにかを押しとどめようとすること自体、ほんとうは無理なことなのかも。

詩を書いたりなんかして。

おれたちは時間を止めたいのか？

あたるは敷地内の池のほとりに腰かけて、おれを見上げた。

「それでどうすんの？　詩をつくって……投稿をつづけんの？」

「一応……一回ぐらいは、作品も載りたいし」

「そりゃそうだよな……」

「でも、おれはおれのオリジナルなことばなんて使ってねえんだよ」

おれは、足腰に重心をかけて、明晰な発音で言った。あたるは、「はあ？」という顔をしておれを見ていた。

「ぜんぶお前のことばだ。お前に接続する、あたるのことばだ。お前が語りこぼした、お前が語らなかったことをおれが拾って、詩のかたちにしてるだけなんだよ。おれにはなんもない。

相変わらず空白のままなんだぜ」

あたるの表情は、一瞬の戸惑いを経て、すこし変わった。

「お前の才能を、おれが拾ってやってるんだから、感謝してほしいな！」

おれは笑えた。自分でも奇妙な感情だったが、自信に満ちあふれていた。

「うわ、なんだそれ？　きもい！」

「きもかねえだろ。ぜんぶお前のからだから出たもんだぜ」

「なんかそれって……文学みたいじゃねえ？」

「え？」

「人間の語りこぼしたことを、人間が言語化するなんて、まさしく文学みたいだぜ」

「お、おう。だろ？」

「そっか、すべては関係の問題なんだ！」

きゅうにあたるはいきいきした。

「かえったら小説がかける！」

そしてそう宣言した。

「めちゃめちゃ閃きました！」

それですっくと立って、元来た道を戻る。

帰り道はぜんぜん違う話をしていて、主にさとかちゃんのこととこの一週間のことを喋るおれらは、さっき「おれ、詩を書いてるんだ」って告白した場面だけ、編集でカットされちゃったみたいだった。名残はあるのに実際としては、なんにもなかったみたいにふたりで喋りながら、夜の三時半を歩いて帰った。さいごにはすっかり空が白んでいた。

翌朝は午後まで起きられなかった。携帯を見ると三個のＬＩＮＥが届いていて、みっつともあたるからだった。

……お前のせいで二回目の睡眠がとれんかったわ！

……この際だから、お前にオレの文学のなんたるかを全部ぶつけてやるわ。だけど間違えるなよ、これはぜんぜん文学じゃないやつだからな！　むしろオレにとって唯一、オレが文学じゃなくなる瞬間なのかもだからなー

……とりあえず、おきたら図書館に集合！

ＬＩＮＥ到着から既に二時間が経過していた。

マジかよ……。おれは急いでパンだけ口に入れて、家を飛びだした。相変わらず、今日も快晴だ。

汗だくになってようやく図書館に着き中に入ると、冷房が程よく利いていて、気持ちよく汗が引いていった。

あたるのほかに浦川さとかと京王蕾もいて、「おそーい」と声を合わせている。

浦川さとかと京王蕾はふたりとも腕を出していて、冷房に吹きつけられ白い砂がさらさらひかっているようで、とてもカワイイ。おれはふたりの存在に驚き、「お、おー」と顔を赤くした。

三人は詩集を回し読みしていた。大きい机を四人で占拠しても、差し支えないぐらい図書館は空《す》いていた。おれだって滅多に図書館なんかには来ない。

「現代詩集なんてあんま図書館にもないから、これらはオレの私物だぜ」

と言うあたる。おれはパラパラとひとつを眺めて、驚いた。

「えー！　マジで意味わかんないんだけど……」

「そんなんいって、投稿欄とかの詩はちゃんとみてるんだろ？」

「やー。みてるけど、サラサラっとだし、なんかそれより、ちんぷんかんぷんだわ……」

「いっこだけしっかりよめば、あとは慣れてくるぜ」

あたるは言った。浦川さとかも京王蕾もそれぞれ詩集を真剣に見ているようすなので、一応おれも読む。読むそばからイメージが頭から抜けていくようで、ぜんぜん意味もきっかけもなにもかも捉えられない。

「これから、こうして集まってちゃんと詩をよんでこう！」

とあたるは言う。図書館なので声をあげず喋っているが、どこか決意に満ち満ちた声である。

「えー。おれまじわからんて。興味持てないんだよ、自分で詩を書いてて言うのもなんだけどさ」

「こういうのは、どれだけしんけんに中身に没入するかがだいじなんだよ。心からマジに、『これがおもしろい！』って信じられたらその信用にしっかり応えてくれる詩ってのが絶対あるから。いや、詩全体じゃなくても、一行だけでもいい。その一行が周りの詩行をポワッと照らすみたいにな、何行かがわかるようになって、連がわかるようになる。連ていうのは通常一行あけされている、詩のかたまりのことな。連がわかれば、その前の連とあとの連との関係が、わかることもある。ここはすこし数学みたいなおもしろさもあるとこだぞ。したら詩全体がわかるようになって、詩集単位でおもしろがれるようになる！　もちろん、丸ごとからだに合わない詩ってのもあるけど、でも、現代詩の創作はよまないとはじまんないよ」

ほんとかよーという程度に捉えていると、京王蕾が、「そういうのきもーい」と言った。

「あたるくんの狭い現代詩観こわいですー」

「あたるうざーい」

「詩の読みかたまで他人におしつけないでくださーい」

「あたる興醒《きょうざ》めー」

と、次々に言いたい放題言っている。

「ちょっと！ そういうのとりあえず、おいといて、喋らせてよ！ な、毅、オレのことばだけじゃなくて、いろんなひとのことばを吸収するみたいに取りこむんだ。そうしたらはじめて、お前の、お前だけの語彙ってのが発見できるんだ。お前の語彙ていうか、ただしくは、お前がお前の裁量で自由に展開できる語彙てのが、みつかるようになる。その感覚を摑むんだ！ そうしたら、ほんとひろやかな、もっともっと自由なきもちで詩がつくれるはずだよ」

「おれだけの語彙？」

「そう。どちらかというと、ひとひとりほんとに操れる語彙の範囲の狭さを学ぶイメージだ！ ブログとか物語では、レンタルするみたいにたくさんのなかから定型的にことばを選ぶから、だれでもかけてしまうとこある。だけどほんとにほんものの詩をかこうとするなら、ある程度自分のモノになる語彙ってのをみつけるのがオレはいいとおもう」

京王蕾は「はぁー。そういうのマジつらーい」とあからさまに溜め息をついている。浦川さとかは途中からあたるの頰をぎゅっと抓《つね》っている。あたるは伸びきった皮膚を厭《いと》わず真剣に喋っている。

すると、京王蕾がおもむろに、か細いが澄んだ声で、ひとつの詩を朗読しはじめた。

「しにたくなること、夢を失うこと、希望を失うこと、みんな死ねっておもうこと、好きな子がこっちを向いてくれないことが、彼女の不誠実さゆえだとしか思えないこと。当たり前なのかもしれない。
きみはそれでもかわいい。にんげん。生きていて、テレビの影響だったとしても、夢を見つけたり、失ったりしていて。
きみはそれでもかわいい。」

おれたちはしんとして、京王蕾のちいさき叫びのような朗読を、傾聴した。

「ま、とりあえず毅くん、がんばって」

そして彼女は笑った。

家に帰り、なんだかどっと疲れて昼寝してしまい、夜になると、おれは詩集を真剣に読みながら、あたるの言っていたことを思い出した。

……心からマジに、『これがおもしろい！』って信じられたらその信用にしっかり応えてくれる詩ってのが絶対あるから。いや、詩全体じゃなくても、一行だけでもいい。その一行が周りの詩行をポワッと照らすみたいにな、何行かがわかるようになって、連がわかるようになる。

したら詩全体がわかるようになって、詩集単位でおもしろがれるようになる！
そうして昼間京王蕾が朗読してくれた詩が気になって、あたるに借りたその詩集を読んでいると、たしかにぐっと入ってくるものがある。新鮮な感覚だった。京王蕾の声が、詩を教えてくれたみたいだった。親しみのある声だからつたわった。その声を、自分で見つけなきゃならないのか？　だけどそのおなじ詩人の難解な第一詩集をパラパラ見ていると、ぜんぜんわからなかったりする。詩はふしぎだ。自分で書いておきながら、いまさらそんなことを思うのもヘンだけど。京王蕾が朗読していた部分はたしかに、ポワッと光っているみたいに、すごく魅力的に沁《し》みわたる。
あたるたちといっしょに詩についてああだこうだ言っているうちに、おれは一瞬ことばを失い、前みたいに毎晩詩の断片をポツポツ書いたりはできなくなった。投稿しおえたばかりだったせいかもしれないけれど、でもけっして、詩を失ったわけじゃないってわかった。詩は失うことがない。失うことができない。失うことができない詩を、いまは抑えているんだって、理解するようつとめた。ひとのことばを浴びつづけて、あたるの言うように、いつかおれに裁量権のある語彙ってのがより大きくなって戻ってくるといい。
と、ＬＩＮＥが入っていたので時計を見ると、十時半を回るころだった。浦川さとかからの、
……あたると仲直りしてくれて、ありがとう
というメッセージ。
……だから、そんなんじゃないって

……ほんと安心した。ぽみもいっしょに四人で遊ぶの、たのしかったから
なにが本心なんだろうって、それはだれにもわからない。浦川さとかのこともわからない。同じ分量で、京王蕾のこともあたるのことも、わからない。わかった気分になるだけなのかもしれなかった。
……毅くんは、ぽみのことが好き？
つづけてそんなＬＩＮＥがきて、ビックリした。
……いきなりなんだよー　ないない
ほんとは、お前のことが好きなんだって、胸を張って思えたらよかった。親友の彼女が好きで、その子に他の子のこと好きなのと聞かれて、悔しい気持ちとせつない気持ちでせめぎあうような単純な心理だったら。だけど、いつまでもちょっとずつ、違う。
……あたるの寝顔を見にいきたいなあ
ぶしつけにそんなＬＩＮＥが来て、ますます複雑な感情せめぎ合う。
……ほんとにあたるのことが好きなんだな
そんな当たり前のようなことを、消費されるコミュニケーションの一端みたいに返してしまう。だけどあまりにも、率直な驚きがそこにはあった。知っていたはずのことなのに。
……もちろん
……じゃあもっとやさしくしてやれよー
……ねー。自分でもそう思う……

なんだか堂々めぐりなので、話題を変え、

……詩集はムズイなー

と送った。

……むずかしいよねー。わたしもあたるの詩は、身近にいるからこそわかるときもあるけど、大体はわからないし、知らないひとの詩はもっと、ほんとサッパリ。わかんない

……だよなー。あたるは自信をもって詩の感想をいえて、すげーわ。そういうのぜんぜんできん。感想、批評、いえん。言語化の才能がないから、なんか自己嫌悪ー

それほどでもないけど、なんだか落ち込んでいるようなＬＩＮＥを打ってしまい、ビックリした。浦川さとかからの返信はそこで途切れた。

詩集を眺めているそのまま寝に入ってしまい、翌朝はふたたび遅くに目がさめた。快晴。

ＬＩＮＥが二件入っていて、それが浦川さとかからだったのでビックリした。夜中の二時。十二時前の二時間以外に浦川さとかからＬＩＮＥが来るのは珍しかったから、なんだかドキドキした。

……いろいろ考えたんだけど

……言語化できるひとが偉いんじゃない。凄《すご》いんじゃない。なにかをみて、なにかの感想をいって、それで満足して、それでおわり。そんなのもう、時代遅れだよ。考えつづけないと。考えつづけることがだいじだよ。毅くん、あたらしくならないと！

えー。

よくわからんけど、なんだか、励まされている……？　おれはそのままウトウトしてしまい、ヘンな夢をみた。詩のことばが具現化しておれの足のしたに積みあがり、どんどん地面が高くなっていって、空に昇るような。

空に届くような。


つぎにあたるに図書館に呼ばれて行くと、浦川さとかと京王蕾はおらずガッカリした。

「おいー、露骨なガッカリ顔やめろやー」

あたるは笑う。

「してないよ」

真顔でうそを吐《つ》き、机についた。窓の長いカーテンから透けるようにひかりが入ってくる。昼の図書館はあかるい。しずかな空間のなかで、すこしずつ慣れてきた詩集を読みほどいていく作業をすすめる。

おなじ詩人の本を読んでいて、あたるはぽつりと、「こうやって昔によんだ詩集を再読すると、一度目とぜんぜん違う風景が浮かびあがるきがするの、おもろいな」と言った。

「それでいて、一回目によんだときの感覚も、ふだんはぜんぜん忘れてるのに、色を塗りかさねるみたいにおもい出されてきて、すごいビックリする。景色がゆたかになるみたい」

机に頬をつけて、寝そべるようにして斜めに詩集を読んでいる。

「なんだかきょうお前、ダウナーだな」

「そうかな？　なんか、ふわっとしてて、気分が……」

そうしてあたるは読みすすめている詩集を諳《そら》んじた。

「私を底辺として。」

つづける。

「
私を底辺として。
幾人ものおんなが通過していく
たまに立ち止まることもある
輪郭が歪んでいく、
私は腐敗していく。
きれいな空だ
見たこともない青空だ
涙は蒸発し、
雲に成り、
我々を溶かす酸性雨と成る
はじまりから終わりまで
首尾一貫している
」

おれは聞いていて、「それ、なんか前にあたるがキャッチボールしてるときに言ってたことと似てるなー。あの、めちゃくちゃ喋ってたやつ。なんだっけ？　内容は忘れたけど……」と返した。

「忘れたのかよ！　ぜんぜん違うぜ。でも、よんだひとみんなが、違う風景をイメージする。違うことをおもいだす。だけど、いろんなことばにふれて、相対的に世界をとらえれば、どれがこの詩の突破せんとするイメージなのかって、わかってくるきがするんだ」

「ふうん、たしかにいまおれ固有名詞に反応しただけかも」

「三角《みすみ》みづ紀《き》さんの詩は、全体もきんみつに整っていてすごいけど、基本的に『一行のひと』っておもえるなあ。改行のたび、迫力がすごい、増していくようだ」

「改行」

「改行、だいじだよ。詩は。改行がすべて、だなんておもえるときもある」

あたるから詩集を奪って、しばらく読みすすめる。あたるはボンヤリ外をみている。

「すきなの、あった？」

「ううん……」

読み終えたあと、パラパラ見返して、

「

五月某日。

夏日である、世界は狂っていると思われる、私は世界を元通りにする術を考える、アスフアルトに陽炎、迷子が私の書斎にまで入ってくる、名前はまだない、迷子が夏日に蕩けていく、そんな夏日に、私は捻り出す、このよのなかのひとがみな泣き虫ならばすべてがまるくおさまるのだ。


ってのが気になったなあ」

「うん」

「やっぱ、このよのなかのひとがみな泣き虫ならばすべてがまるくおさまるのだ。のとこがすごい頭に入ってくるし、そうするとこないだあたるが言ってたみたいに、その前後の行のイメージも、なんとなく摑めてくるとこあるな」

あたるはなんとなく気の抜けたような顔をして、「お前はやさしいヤツなんだな……」と言った。

「なんだそれ。キモ」

「詩の抜く場所のチョイスや、朗読できもちがわかっちゃうな。やさしい行いができるってこととと、やさしい性質だってことは、違うしな」と言い、つづけて、「じつは、オレが春に応募してた小説が、新人賞の最終候補に残ってるんだ」「いま」「昨日電話、きた」と矢継ばやにあたるは言った。

少年が、

凡庸にくすんでいく
裏がわで、
ともだちとしてかがやく

少年が、
嫉妬を輝かせる
裏がわで、
ともだちとしてくすんでいく

さらさら走る
川の一ミリ
皮膚の一ミリ
はがして

天才に膿み、泣く少年
空を仰ぎみるようではなくただうえを、上をみて
雲を空気を太陽を、ふる雨をみるようではなくただ
上をみて

空を引いて、
宙を生んで
霊感を吐く

まで書いて、おれは息を吐く。メモを保存して、スマホを横に置いた。

詩の出来はよくわからないけれど、詩集をいくつか読んで得たことがよく活《い》かされているのか悪く活かされているのか、それともまったく関係ないのか、わからないけれど、詩を書くことでようやく自分が考えていることの一端がわかった気がした。

おれはあたるの言っていた「新人賞最終候補」のインパクトにうたれていた。

受賞してほしい？　してほしくない？

わからなかった。

ボンヤリしているあいだに夜がくだって、窓から夏のむっとするような湿気が伸びてきた。

おれは詩集を読みながら、ずっとあたまのなかの渦巻いた感情を逃がそうとしている。

リビングでそうしていると、母が帰ってきた。

「おかえりー」

「はあ！　社会に疲労！」

「おつかれ」

「あら、素直。詩集なんて読んじゃって。ウチの血統にない光景だな～。わたしのなかのＤＮ

Aが目の前の現実を拒絶するわ」

おれは無視して、詩集を読みすすめた。もう一篇読んだら、もう部屋へ戻ろう。

スーツを脱ぎ捨てる母親に向けて、おれはいま読んでいる詩の一篇を読みあげた。

「

そいつは神なのに
過酷な制裁を声高に叫ぶ。
きみらの心にはくたびれたちっぽけな溜息ひとつ。
神なんか捨てるがいい！
さあ、こするんだ、みんなで
乾いた黒猫をこすれや、こすれ！

」


「こすれや、こすれ！」

母親は声高に、復唱した。声に出してみると、黙読しているのとは違うリズムがあらわれるようで、おもしろい。

「おれ、友だちに嫉妬してるんだ、ずっと」

つづけて言うと、母親は、「なにそれ、それも詩？」と言う。

「そう。／友だちに嫉妬／おれ自己嫌悪／明日にもうＫＯ／今日はもう相当／疲れたんで寝るわ」

「ふーん」

母親はまったくノらず、しらけていた。そういう夜もある。いいアドバイスを期待しても、都合のよい啓示がもたらされぬときもある。

「おやすみ、リリックワンダーボーイ」

と言った。母親はビールのプルタブを親指で弾いた。


あたるとはそれからしばらく会わなかった。最終候補の件で編集者と面談したりしていて、忙しいらしい。おれはひたすら詩集を読んでいる。

あたるもあたらしい小説を書くのをいったん止め、「夜は粛々と読書するだけのおとこに、オレはなる！」と言っていた。

おれはふたたび退屈なだけの夏休みに戻って、一日じゅう布団に寝転びながら、ウダウダしていた。ひさびさに『Plenty of SPACE』を眺めたが、目だった進展はない。このごろは「坂下あたるα」も更新が途絶えていて大人しい。他のひとびとも、サイト内の他のイベントや、コミュニティメンバーどうしの交流で忙しそうだ。

さすがにな、と思い立っておれは机に向かい、世界史の教科書をひらいた。暗記事項を脳に擦りこんでゆく。詩集を読んでいるときとまた違う回路をつかっているみたいで、いまはどちらにしてもめんどくさい。ノートに「ニューディール政策」とか「サン＝ジェルマン条約」とか書きすすめていると、ふといつの間にか、頭に浮かぶつらつらしたことを、枠外に書いてしまう。「受賞」とか「天才高校生作家出現」とか。

自分が考えていることも、ノートに書いたりひとに喋ったりして、運動を経由しないとうまく捉えられない。他人のことはどうだろう。そのまま机に突っ伏して、おれはウトウトした。からだが重くてしかたない。おれのからだ、どうしてどれだけ寝てもこんなに眠いんだ。

つぎに目ざめたとき、ノートの余白に書いたおぼえのないことがつらつら書いてあって、ビックリしてしまった。だけど、夢じゃなくてほんとにおれが書いたことだ。

「無理なんだよ」「読者になんて」「あたる」「もうなれないんだよ」「感想のすべてが、言うことのすべてが」「嘘《うそ》になる」「あたるの言ってることは」「ぜんぶ作品になって」「みんな最初はよろこぶ」「けどどんどん孤独になっていくよ」「才能は周囲のひとをよろこばせるけど」「自分自身はけっしてしあわせにはしない」「才能に殺されて」「かわいそうだね」「もうほんとうの坂下あたるなんて」「どこにもいないんだよ」

ひさしぶりにマックで会ったあたるは随分痩せていた。

「なんか連日しらない大人とあって、緊張と興奮で痩せてもうた。オレ、ひとみしり……」

「ひとみしり？　そうなのか」

おれは揚げたてのポテトをつまみながら応えた。冷房でキンキンに冷えているが、外の熱気があまりにもすごかったので、一向に汗がひかない。おれもあたるも顔に汗の粒をいくつかつけていた。

「こわいよ。オレはまだ十七歳で、子どものころから大人がこわかった。最終候補に残って、何回か編集のひととあって、『みずみずし』くて、『まったりとしてそれでいてすずやかな感覚』の文章だ、とかいわれて、すげえうれしかった。生きていてこんないいことあっていいの？　けど、夜とかに反動がくる。睡眠リズムもうまくとれなくて、読書もなんかはかどらなかった」

「寝れてない感じ？」

「ふだん二時間×二回の睡眠で、かろうじてリズムがとれてたけど、そのうち一回でも崩れると、いっきにぐちゃぐちゃになっちゃう。それがもう、ずっとつづいてて、痩せてもうたー」

あたるの半袖からのびる腕はガリガリといってもよいほどだった。

「そんな状態で四ヶ月も前に仕あげて応募してた原稿を、選考委員の先生におくる前に手直ししなきゃいけなくて、すげーしんどかった。でもそれももう、おわった。おわったよ」

「そっか。よかったな。ジュショウ、できるといいなー」

「うーん」

あたるは机にぴったりと頬をつけて、ぐったり寝ころんだ。おれの肘が触れているマックの机は、ずいぶんひんやりしている。

「まるで心がないみたいだ……。プロになるのかなって、お金をもらうのかなって、まだ高校生なのにって、なんかきゅうに、覚悟が足りないきがしてきて。そんなの応募する前に、考えとくべきことだったのに。ま、毎年五作ぐらいは最終候補作があるのだし、むりじゃろ……」

目の前にいるのは、文学を脱いで、脱皮したばかりみたいに、弱々しいあたるだった。おれはあたるが遠くに行ってしまうような空しさと同時に、目の前のあたるの肉体の存在感になんだかドキドキした。久しぶりに会うというのもあるけれど、目の前のあたるの脳が考えた小説を、あたるの肉体が体重を失ってまで研ぎ澄ませて、それで残った今のこのあたるのからだって、なんなのだろう？　元はあたるのなかにあった小説が、いまはもう責任ある大人に吸いとられて、どこかへ行ってしまったような印象をうけた。

「さとかちゃんにも昨日ひさびさあったら、『落ちろ落ちろ！』ってスゲーいわれて、ひでーってておもったけど笑っちゃった。落選のあともオレをオレとかわらずおもう人間が、すくなくともひとりはいるなっておもったからな」

にやけて、あたるは言った。腕を重力にまかせてだらしなく垂らしている。あたるのせりふを聞いておれの心のどこかが疼《うず》いた。具体的にどの部分に関してなのかは、わからなかったけれど。

「で、かきためてた小説もぜんぶ捨てちゃった。選考に残った小説について編集とはなしているうちに、これじゃダメなんだ、これはゴミだ、って、わかっちゃったから」

「そうなんだ。何枚書いてたの？」

「七十枚くらい」

「うぇー、勿体《もったい》ねえ」

「うん。でもいいんだ。もうしばらく、小説はやすむってきめてたからさ。いまはちょっと、体力もないし」

「うん……」

あたるは机に寝そべったまま、ポテトを噛んだ。

「もっと食えよ。あと食っていいから」

「ありがとう」

その姿勢のまま斜めに傾けたコーラをすする。氷が溶解するガラガラッという音が周囲にひびく。

「なんかつかれたー。でも詩集だけは、よめるんだ。詩があってよかったよ」

「は！　詩をなめんな！　もう詩を書く余裕なんてないんだろ？」

おれがふざけて言うと、あたるはがばりと起きあがって、「お前がいうなや！」と笑った。

「はやく自分の宇宙をみつけろよ。オレのことばのあまりなんかを詩にしても、きっと届かない。オレだってたまに投稿してたけど、今期はぜんぜん掲載されてないし、佳作にすらのこらないんだから」

「そうなの？」

「そうだ。だからなんか悔しかったんだ。お前が佳作にのこったっていわれて」

そういうふうに言われると、はじめて『現代詩篇』に名前が載っていたときのうれしさが、よみがえるみたいに口のなかに広がった。コーラをすすって、うれしさごとを飲みこむように味わう。

あたるは外をみて、「はあ、こわいなあ、選考結果」とつぶやいた。

「選考会、いつなん？」

「月末くらい」

「すぐのような長いような期間だなあ」

「そうなんだ……。このことしっててんのは、お前とさとかちゃんだけだから。まだ親にも、いってない。親のことは、いろいろきかれたけどな」

「そうなんだ」

「うん。驚かれた。ふたりとも業界のなかでだけは有名だからな。オレからはいっさいなにもいわなかったけど、坂下の苗字《みょうじ》でひょっとしたらって、おもったのかもしれん」

「本名で投稿してんの？」

「ウン」

坂下あたるの名前が、雑誌や本で活字になったら、おれはどういう気持ちになるのだろう。まったく見当がつかなかった。

「プロになるのかって考えると……。なんか自分が自分を失うみたいだ……。さいきんオレらマヤコフスキーの詩集回しよみしてたじゃん？　ソ連時代の政治的闘争が、作品にもありありとあらわれてる。いままでは『いいたいことがありすぎるなあ！』っておもって、歴史的価値はすごくおもしろいけど、詩集そのものとしてはどうなのかとおもってた、この詩集。でも、オレも自分の小説をみ直して、それを洗練させるようにつくり直していると、『オレにも小説のかたちでみんなにつたえたいことがこんなにあったんだなあ……』って、痛感した。いままでは、つたえたいことなんてなくて、あくまで綺麗《きれい》な絵を描くみたいに、澄んだ感覚をそのままことばにうつしていけば、勝手に物語もついてくるし、それでいいじゃんておもってた。だけど……」

「ふーん」

「今回最終に残った作品も、できとしてはわからない。正直、自信があるわけじゃない。でも、編集者はたぶん、純粋によろこんでくれて……おもしろいっていわれて、オレ、わかんなくなっちゃったよ。なあ、坂下あたるの小説ってなんだろうな？　このままプロになったら……。オレは坂下あたるの小説として生きて、必死こいて坂下あたるすら創作していかなきゃなんないのかな。坂下あたるを、捏造していかなきゃなんないのかな？」

おれはポテトの箱をカタカタ揺らした。なかで残骸の音が、カサカサ鳴っている。

「ポテト、まだ残ってるよ。食えよ。痩せちゃうぞ」

「ウン……」

さささっとあたるは三本くらい連続で、短いポテトを口に入れた。

浦川さとかとのある日のＬＩＮＥ。

……　聞いた？　あたるの、小説の件

……うん。すごいよね
……すごい。正直、そこまでのことは想像してなかったから、ビックリしちゃった
……さとかちゃんはあたるに賞とってほしい？　とってほしくない？
……とってほしい
……やっぱり
……あたるは、すごいもん。そういう側の人間だと思う
……でも……、もうあたるが遠いあたるになっちゃうかもよ？
……それはそうかもしれないけど、だけど、あたるが強く願ったことだから
……願ったのかな……
……わたしはそうおもう。あたるが小説を書くってことはそういうことだと思う。プロになりたいとか、受賞して書きつづける権利を持ちたいとか、そういうことはもちろんあると思うけれど、シンプルに、書いているから読まれたいっていう一対一の願いが込められてるはずだよ
……あんなに読者がいるのに。あたるの小説なら、読んでくれる人なんていくらでもいるだろう
……ほんとうに「読める」たったひとりのひとに出会いたいんだと思う。そういう祈りを込めて書いているんだと思う。賞はほんのちいさなきっかけに過ぎないけど
……そうだよな。おれたちじゃ、荷が重いよな

……たぶん、なんかそういう「誰に届けたい」っていう具体的ななにかがあるわけじゃないんだと思う。書いているときは自分にむけて書きつけることばに純粋に満足してて、澄みわたる気持ちで書いてると思う。だけど、読者ってのはあたるにとってすごく不思議な、神秘的なものなんだと思う。そういう神秘を、いつだって祈っているんだと思う。賭けてるんだと思う
……なんだそれ。ぜんぜんわからん
……毅くんは、詩を書いているときは、読まれたいって思ってるの？
……あんま思ってないかも
……どうして投稿してみようと思ったの？
……わからん……なんでだろ
……読まれたいわけじゃないのに？
……ウン。恥ずかしいし
……やっぱり、祈りだよ。なんかの願いとかが、そこに込められてるんだよ
……祈り？　そうなのかなあ
……うん。きっとあたるも毅くんにも、ハッキリこうと言えないようななにかあるんだとおもう。そりゃ、お金が欲しいとか有名になりたいとか、そういうシンプルな動機をいろいろ言えるひともいるだろうけど、その中にわずかな神秘が隠されてると思うよ。そもそも、小説や詩を書くなんて、わたしたちからしてもすごくヘンだもん
……それはわかる。ヘンだよな

……うん。でも、そこにことばにならない気持ちがあるような気がする

……そうなのかなあ。たんにヒマだから書いてるんだと思ってたけど

……ヒマのつぶしかたにそのひとの切実さが隠されてるんじゃない？

……切実さ。そうなのかなあ……

十二時になる数分前にＬＩＮＥを切り、おれは寝ころんで自分の部屋の天井を見た。たしかに、ヒマをつぶすにしてもいろいろだ。マンガを読むなり、テレビをみるなり、スマホをみるなり、踊ってみるなり、バンドを組むなり、してもいい青春なんだよなぁ。

日一日が過ぎゆくごとに、あたるの賞の結果がわかる日が近づいているんだと、おれのほうでも無駄にドキドキしてしまう。こんなことを考えても意味ないって、わかっていても、考えてしまうことは止められない。考えるべきことだけ考えれば、ずいぶん人生は有意義なものに変わるのかもしれないのに。将来のこととか、学歴のこととか、就職のこととかな。

でも無駄がいまのおれをつくっている。ヒマがおれを構成している。一分一秒を惜しむように勉強するべき青春を、無為に過ごしているのは、とくに理由があるわけじゃない。おなじように、とくに理由もなく勉強に覚醒することも、あるのかも。あたるは人文科学系にすすむという具体的な希望があるから、夜の時間を勉強に費やすことも多くて、成績もいい。おれはバイトも部活もやってないのに、いつも留年ギリギリだ。

なんとなく『Plenty of SPACE』にアクセスする。最近は流行りも廃れてきて、アクセス数が極端に減っているのがわかる。他の有力サイトにうつり住む住人もいれば、ここでアカウント

だけ残していなくなってしまう実体もたくさんいる。電脳世界の人格は痕跡が残っても実質は遠くに移せるから、便利だなあと思う。

「坂下あたるα」も、目だった動きなく完全に沈黙している。このまま、なにもなかったようになって、あたるの心配とおれの鬱屈もなかったようになって、人々の記憶から忘れ去られていくのかな。

なんだかとても空しい。詩も書かず詩集もひらかないまま、ひたすらボンヤリしていた。このまま一年ぐらいなにもなく時間をすすめてもらっても、一向に構わない気分だ。

そうして寝てばかりいる夏休みを消費した。たわむれに一度だけ京王蕾に、

……いっさいの気力が湧かぬ

というLINEを送ったが、未読無視された。ゆるやかに傷つき、それすら麻痺《まひ》してしまったところに、あたるからLINEが来た。

……おちた！！！！！

とある。

おちたのか……。

おれは自分がガッカリしたのかよろこんだのか安心したのか、まったくわからなかった。それにすら返信せず、うだうだとダウナーに夏を消費していた。

ある水曜日の十時ごろに、あたるはTwitterでいきなり、「いまからニコ生します！」と宣

言した。ネット配信をするとき、同級生の多くはすこし前ならツイキャスに、最近ならPeriscopeに移行しているが、あたるは放送環境の不安定なニコ生を未だに使いつづけていた。コメントの匿名性に安心するらしい。

おれはだらだらと布団のうえに横になりながら、ほぼリアルタイムでそのつぶやきを見た。いつものあたるだったら寝ている時間だ。睡眠リズムは相変わらず、戻ってこないのだろうか。

その後、

……ただいま準備ちゅう

……心底から準備ちゅう

……あと十五分ではじめたい準備ちゅう

とぞくぞく自分にリプライをつけるかたちであたるは、たてつづけにつぶやいていた。

あたるの小説が新人賞の最終候補で落選して、三日がたっていた。おれはいったん冷房を切って扇風機を回し、窓を全開にした。しぜんの風と混ざりあい、夜気が部屋のなかに充満してゆく。一気に空気が循環すると、クーラーなくともじゅうぶん涼しさが感じられる夜だった。電球が摩耗してチカチカと点滅し、赤さと黒さをくり返している。そろそろ取り換えなきゃ。もう半月こんな状態だった。

すると坂下あたるの Twitter にニコ生放送中！というつぶやきとともにＵＲＬが貼られ、クリックすると音声だけが急に部屋のなかにながれてきた。あたるの声だ。聞き慣れているけれど、電波をとおすとちょっとだけお菓子っぽくなる、つくりもの感のある、あたるの声。

「えー、あーあー。きこえてるかな。ちょっとスマホでチェックしますー。おーい、きこえてますかー、おーい、きこえてますかー。……、あ、きこえてますね！　ＯＫＯＫ。じゃ、ちょっとはじめましょー」

おれは生身の坂下あたるをよく知っているけれど、文字情報と電波をつうじたこの声でしかあたるを知らないひとも、大勢いる。視聴人数は二十人ぐらいだった。生身のあたるを知らないひとのイメージをも含んだ、はんぶんだけ知らないようなあたるの声だ。

「ハイ、あー、けっこうひとがきてくれたみたいなんで、はじめたいと、おもいやすー。きょうはね、いつもみたいにただ、雑談でダラダラーってかんじじゃなくて、詩について、というか詩を朗読してみたいとおもいます。あ、すげーもう、二十一人もきいてくれてる。ありがとうございまーす。いつもみたいにね、あんまコメントとかしてもしなくても、いいですよー。オレが勝手に喋るから。ハハッ」

と言っている。

「じゃ、さっそく、詩をひとつ朗読してみたいとおもいますー。だれの詩かわかるひといたら、すごいとおもうなぁ。文フリでひとめぼれしてかったヤツだから。じゃ、えーと、朗読してみます！」

いつもおれや浦川さとかに喋っているより、もっともっと饒舌な坂下あたるがそこにはいた。きっと浦川さとかも聞いている。この時間素直になりすぎる浦川さとかは、新人賞で落選してしまったあたるの声も、まるで王子様みたいに思って聞いているのだろうか。ひさびさに再会した、二時間だけの王子様みたいに。

「

静謐な日光に宇宙の死肉を噛ませて！
お前の白鳥が、光の逆を歩いたときの話をしよう
この十枚の写真の中、夜間の針の風穴を凝視しているのは俺だ
いつかの夕暮れの空にも同じような本が浮かんでいた気がするけど、
一緒に神経の裏側に座す蟻地獄の中心まで歩いて行こうぜ？
そんでさ、真っ赤な植物が生み出した対向車の怨霊を溶かす、
あらゆる人形が集まる街を燃やしに行くんだよな、俺たち！
いかれてるな、失踪する小鳥の遺影を持った、
パンクタイヤの絶頂を横目で見る、喋る
俺たちはいかれてるから春の三人称をいつだって読み間違ってるんだよな
そうだろ？　　聖者の黒髪が日輪を解く
（酸素が美しいと感じた小魚の煙に巻かれて、
ビルとビルの間に人を飼っているあなたは美しい
　他者の首、ぶすりとかかか回転させ、
　　黄緑色の視線を受けて狂乱する人の名前をひたすらに傍観
　　　俺はあなたの眼球になった気がする

だから逆三角形の口癖をヒラリ受け止めることになる、
しかもこんな脆い夜に　一匹の蛸が青で死んでた）
真夜中には魔術師が狂い出す音楽をかける
コンクリートの発声に耳を澄ませ、目を閉じると
そこには性懲りもなく凝固するハクセキレイの固体
白目を剥いて乱立するボキャブラリーの二次元想像を引き金にして
空腹空腹　昼夜蹴飛ばして自転車が食い違い出す
ルルルルルルルルルル　言、言、言　突っ込んで
ルルルルルルルルルル　一周、マママ廻し蹴る
さあ、飛んで消える、飛行機雲の乱視

0
0　なあ
、虚構がさ、
尖ったさびしい口笛になるまであと何年かかるよ？
」
あたるは、「俺たちはいかれてるから春の三人称をいつだって読み間違ってるんだよな」の

ところだけ妙に声が淀《よど》んで、泣きだしてしまうのではないかとほんのすこしだけおれに思わせてでもそんなことはなくてすぐにそんな疑念がきざしたことすら忘れさせる、そんな声だったが、それ以外はとくに抑揚を込めずに、たんたんと読みあげていた。

きっと浦川さとかは、誰にも見せない涙をまたこぼしているんじゃないかと、おれは思った。

詩を語りおえたあたるは、この詩の好きなところとか、はじめて読んだときの感覚とかについてつらつら喋っていたが、おれはその後ほどなくして眠りにおちてしまい、聞き逃した。

翌朝起きると、あたるに、

……最終候補残念だったな！　また詩について語ってくれ

とLINEした。すぐさま、

……もち！

と返ってきた。けっきょく、今月おれは詩を投稿できなかった。詩集を十冊ばかり読んだだけで、おれの夏休みはおわった。

新学期に入ってすこしたつと、もうあたるはすっかり元通りに見えた。

「高校生デビュー！もしてみたかったけど」

と言って、朝の教室で浦川さとかに渡すぶんの弁当の、ふろしきの結び目をチェックしながら（以前結び目がゆるかったせいで弁当を落とした浦川さとかにひどく罵られ、あげくに散らばったハンバーグを顔に塗りつけられたことがあったから）、「坂下あたる！　じゃないオレもいてオレのままで小説とかをかいてるって、そのことにあんしんしてしまう。この歳でプラスペでたまにいわれるみたいに『坂下あたるワールド』とか『坂下あたる節』だけを求められるとなんかダルイなぁーっておもうし、もてはやされても、しんじつはださい」とつづけた。

あたるは最終選考にらくせんしたあとはひたすら料理をつくることで精神状態をととのえたという。

「だから弁当のクオリティも随分あがったと自負している！　お前のぶんも詰めてやろうか？」

いつかと同じことを聞かれ、おれは同じように「おれはいい……」と応えた。

九月になっても夏はなかなか去らない。

ジリジリと熱気がこもり、冷房のない教室は蒸された空気をひたすら循環させている。

暑いだけの日ざしが、新学期から窓側の席にうつったあたるを照らしていた。めずらしいことに、あたるは居眠りをしていた。授業を聞かずに小説を書いたり詩歌を書いたり批評を書いたりすることはあったけど、こんなふうに無防備に、人前で意識を失うような隙を見せることはなかった。そういうのはどちらかというとおれの役目だった。

四時間目が終了し、起立礼の号令がかかってもあたるは起きず、机に突っ伏したままだった。

あたるの席に行き、「おい、あたる、昼だぞ」と、起こすわけでもなく小声で話しかけると、あたるはやおら身体を起こし、なにやらつぶやきはじめた。

「

春のさなか
になって　あたりが泥の
豊かな香りを放つ頃　小さい
びっこの風船売りのおじさんは

遠くの方までちいさく笛をふく

すると　エディとビル　が
マーブル遊びや鬼ごっこをやめて
走ってやって来る
春なんだよ

あたりが水たまりのすばらしい時

この奇妙な
風船売りのおじさんは
遠くの方まで　　　ちいさく笛をふく

すると　ベティとイザベル　が踊りながらやって来る
石けりも縄とびもやめて
春
な
んだ
よ

と　山羊のような足をした
例の風船売りのおじさんは
大きく笛をふく
遠くまで
ちいさく
」

まるで聞きとりづらい、夢のなかのようなあどけない声だった。なにかの詩を諳んじているのだろう。

「いや、夏だよ、まだ。もうすぐ秋／なんだよ」

おれが冷静につっこむと、あたるはボンヤリこっちを見た。意識を失っているのかなんなのか、どろりとした目を向けてきて怖くなる。半覚醒みたいな状態か？　それからあたるはからだごと揺らすようにぐらぐら頭をふった。

「はあ、『作家』になって、いまここにいる『オレ』をやめたかったなあ、ほんとは……。それ、ゲンソウだって今回のことで痛感したけど」

あまやかな滑舌で、そんなことを言う。おれはいつか無意識にノートの枠外に書きつけた、自分の落書きの内容をおもいだした。

「無理なんだよ」「読者になんて」「あたる」「もうなれないんだよ」「感想のすべてが、言うことのすべてが」「嘘になる」「あたるの言ってることは」「ぜんぶ作品になって」「みんな最初はよろこぶ」「けどどんどん孤独になっていくよ」「才能は周囲のひとをよろこばせるけど」「自分自身はけっしてしあわせにはしない」「才能に殺されて」「かわいそうだね」「もうほんとうの坂下あたるなんて」「どこにもいないんだよ」

ずいぶん残酷なことを書いていた。だけど、あながち遠い世界の戯言ではなかったのだろう。でも、ネットにもここにもどこにでもいる「自分」を、ぜんぶ止めて知らない自分になってどこかに行きたい気持ちはわかる。

それがあたるにとっては、「文学の森」だったんだろうか。

書いた「作品」だけに語らせて、自分はどこか世間から離れたところで身を隠して、生きていけたらどんなにいいだろう。だけど、あたるが言うようにそんなのは「ゲンソウ」。あるいはひとむかし前の「ブンゴウ」。

するとと浦川さとかがやって来て、「おっつー」と言い、「きょうの弁当は肉系がいいなあ」とあたるの髪の毛をわしわしと摑んで揺らした。

「魚だよ。鰤《ぶり》の照り焼きだよ。残念だけど」

「朝、肉がいいー！っていうテレパシー送ったのに。つかえねえなぁ」

「いつもオレが弁当つくってる時間、さとちゃんガッツリ寝てんじゃん！」

いつの間にかあたるは元に戻っていて、いつもの風景が目の前に広がっていた。

「じゃおれ、パン買ってくる！」

おれは教室を飛びだした。いつもよりスタートが遅れたから、もう欲しいパンはあらかた売り切れてしまっただろう。


その週の日曜、朝起きると、京王蕾からのＬＩＮＥが入っていた。

……海外行ってたー！　おみやげあるから、取りにきて！

という。

海外？　どうりで既読すらつかないはずだ。前回ＬＩＮＥを送ってからもう一ヶ月近く経っている。

……海外て、一ヶ月も？

……そうー。ヤボ用もあってねー

……へえー。うらやまー

……ひさびさにあたるくん周りのこと毅くんの口から聞きたいし、いまからうち来ない？
うち来ない？とか自然に言われちゃうとなんだかドキドキ。

……じゃー、いこっかな

……じゃあ駅前の書店で待ち合わせよ

ひさびさに、ちょっとはつめたい風が吹いていた。だけどまだまだ半袖短パンで外にいても寒くはない。書店で待っていると冷房でちょっと冷えた。ほどなくしておれとそう変わらない薄着の京王蕾がやってきた。

「日本暑いね」

と言う。

「どこいってたの？」

「地中海周辺をちょっとと、パリ。よかったよ」

「あ、そう……」

うすうす感づいてはいたけれど、おれと京王蕾の経済格差、ものすごい。片親で、月々の給料でかつかつなおれの家庭と、一ヶ月海外で流浪する京王蕾。

「いいなぁーおれも行きたい」

「そうやって素直にいいなぁーって言えるのは君の美点ではあるね」

そう言っておれの背中を押し、ふたり暑い外気のなかに飛びだす。久々に会う京王蕾はなんだか快活だ。

「海外にいると、性格までちょっと変わっちゃうみたい。なんか声もおおきくなってるかも」

「英語喋れんの？」

「その返し、すっごくダサい」

そう言って笑ったあとなにも応えずに、すたすたと前を歩いて行った。


京王蕾の部屋は予想したよりシンプルで、モノのほとんどない清潔な空間だった。

「あんまり女の子っぽい部屋じゃないね……」

緊張のあまり、そんなことを口走ってしまう。

「毅くんそれモテないわー」

床に直接並べられたＣＤから、一枚をチョイスして音楽を流し、お茶を運んでくる京王蕾。いつかのように、甘いにおいがする。そして、部屋にはグランドピアノが……。あまりにも普通にそこにあったので、おれはとくにビックリすることもなく受け容《い》れた。流れている音が眠気を誘う。

「これ、モーツァルト？」

「え!?　バッハなんですけど。うける」

からから笑う京王蕾を、ついカワイイと思ってしまう。そうしてお互い、この夏休みのあいだにあったことを、録画データを早送りするみたいに喋った。どうしてかしぜん、急テンポな会話になってしまう。

「そっかー。あたるくん落選したんだー。さとかから最終に残ったってことまではメールで聞いたけど、そっから先はネットに繋げてなくてわかんなかった。落選かぁー」

「なんか、落ち込んでんのかそうでもないのかわかんないんだよ」

「毅くんが？　あたるくんが？」

おれは一瞬ことばに詰まり、「あ、あたるがだよ」と応えた。

「毅くんは、詩はどうなの？　書いてる？」

「書けてない……」

痛いところをつかれ、おれはドギマギした。

「ふーん。そうなんだぁ……」

それに対し、いいとも悪いとも言わない京王蕾。

しばらく、沈黙が走る。

「ゲームでもする？」

と言う。よほどおれとの空気が気詰まりなのかと思ったが、しんじつ京王蕾はゲーマーらしい。見たこともないようなゲーム機がテレビ台のしたからぞくぞく現れた。

「うわー。スゲ。おれ、ゲームなんてスマホでたまにするぐらいだよ」

「でたー。課金野郎なんだね」

「課金はしてねえし」

「じゃ、ぷよぷよならできる？」

京王蕾は、ゲーム世代なら大人から子どもまでわりかし知っているであろう、無難なパズルゲームを提案した。それならやったことがある。

「いいよ」


一勝百三敗……。

それがゲームの対戦成績だった。おれのたった一勝も、京王蕾がぷよを積みあげすぎて自滅してしまった結果だった。

「だっさ！　三連鎖もつくれないなんて、ださすぎ！」

「……うるせー。これからだわ。まだまだ、ここから伸びる男だわおれは」

あと、おれの短パンと京王蕾のスカートから伸びるヒザがときどきぶつかって、落ち着かないんだ。一瞬ふれるたび、ギョッとしてしまって、画面に集中なんて、とてもじゃないけどできない。

ひきつづきゲーム画面に集中しながら、

「ねえ、毅くん」

と京王蕾はしずかにつぶやいた。

「毅くんは、さとかのことが好きなの？」

おれは驚いてしまって、落ちてくるぷよぷよを歪《いびつ》な場所に置いてしまった。

「なに言ってんだよ！　間違えちゃったじゃんか」

「好きなんでしょ」

画面をみたまんま、たんたんと連鎖を組んでいく京王蕾。

「わからんよ」

「どういうこと？」

「おれが聞きてぇよ」

「なんなのそれ。キモ」

「カワイイとは思ってるし、好きかもしんないと思ってるけど、あたるの彼女なわけなのだし、自分の気持ちがわかんないんだよ」

「好きってことじゃん」

「わからんって」

「たしかめてみれば？」

そこでその対戦を敗北で終え、京王蕾は悪そうにニヤっと笑った。

「二百対戦までいったときに、わたしがもう一敗もしなかったら、さとかに告白する」

「はあ!?」

おののいた。

「ヤだよ！　そんなん、ヤだヤだ！」

「勝てばいいんだよ」

「そういうの、よくないだろ！　さとかちゃんは、あたるの彼女なんだし」

「自分の気持ちをモヤモヤさせたまんまで、詩を書くの？」

「え……」

「詩人だったら、自分の感情ぐらい、誠実に追求してみたら？」

「詩人じゃねえし。できねえし！　自分の気持ちなんて、わからんし！　詩にしても告白しても、わからねえもんはわからねえよ。文学に幻想、抱きすぎ！」

「やってみなきゃ、わかんないじゃん」

「わかるよ！　やりたくねえよ」

「それなら、勝てばいいよ」

現在、一勝百四敗。あと九十五連敗しなければ、告白を回避できる。

おれとあたると浦川さとかは三人で下校していた。自転車を、三人ならべて。

するとあたるがとつぜんよろけ、浦川さとかの自転車にぶつかり、転倒した。自転車が重なり倒れる、途方もない騒音。住宅街にひびきわたった。

「うっわー……」

座りこんだ浦川さとかのヒザから、血がとろとろと流れおちていた。砂に汚れた浦川さとかの脚が、痛々しい。

あたるは慌てふためき、「ゴメン！　うわ、さとちゃん、ヒザ、擦りむいてる、ああ、ゴメン……」と、ひたすら謝っていた。

「は！　消毒とか、はっ、はっ、絆創膏《ばんそうこう》やら、はあっ」

あたるは過呼吸ぎみに取り乱し、コンビニ行ってくると残して走り去った。

「取り乱しすぎ。頼りねーなあ……」

浦川さとかは気丈に立ちあがろうとしたが、顔をしかめている。

「もうちょっと行ったとこに公園あるだろ。そこで休んでこ」

と、おれは提案し、「うしろ、乗って」と自転車に跨った。

「わたしの自転車、どうしよ」

「あとで、落ち着いたら取りにこよ。鍵だけしとけば、このへんなら持ってかれないよ」

「うん」

痛みを抱えているせいか、平常よりは素直な浦川さとか。

「摑まって」

腰に浦川さとかの手があたるのが、おれをドキドキさせた。

近くの公園で自転車をとめ、水のみ場で傷をあらう。

靴下と靴を脱いで、素足を水にさらしている浦川さとかを、おれはまじまじ見てしまう。先日の京王蕾との会話を思いだしていた。

……二百対戦までいったときに、わたしがもう一敗もしなかったら、さとかに告白する。

透明な水に傷口をさらし、たんたんとした顔で脚を洗う浦川さとか。沈黙がちになる。

「はー。水きれい。きもちい」

蛇口が上と下にふたつ付いている、子どものころ直接口をつけて飲んで、怒られたことのある水のみ場。かすかに鉄みたいな味のする水。浦川さとかの皮膚と傷口のあぶらを溶かすように流れおちる水は、きらきらと陽光を反射していた。

「そんな大した傷じゃないわ。あたる大袈裟。ほんとださい」

「あ、あたるに近くの公園にいるってＬＩＮＥしなくちゃな」

おれはスマホを取り出してメッセージを打ったものの、実際には送信せず、そのままにしておいた。ベンチですこし休憩する。ふたりきりになる。

「だいじょうぶ？」

「うん。べつにへいき」

浦川さとかはふだんから、痛いだのつらいだのの泣き言をいっさい言わない。

「さっき……」

ヒザからしたは濡《ぬ》れていて、浦川さとかは脚をブラブラさせてそれを乾かそうとつとめているらしかった。

「なんかワザとあたるがぶつかってきた気がしたの」

「え？」

「まあ、気のせいだとおもうけど」

それから、じっとふたり、黙った。
おれは、沈黙を気づまりに感じ、リュックからいま読んでいる詩集を取りだして、ぽつぽつ読みあげた。

「

近頃、私の血を見ていない。
夜の蛇口にも、海苔巻きの中にも
黒板消しの陰にも
めっきり私を見かけない。
あなた、わたしっていうひとですか。
よるべなく風を尋ね歩けば
皆、通り過ぎざまに
白い紙を手渡してくる。
なびいてやるものか、と
私は風上で鉛筆を走らせる。

紙の白に手を這わせると
ひとつのささめきが指先へ打ち返してきた。
〝さあ、余白になるのです〟

私はかぶりを振って言い放つ。
誰もいない場所は余白たりえない。
白紙を余白へあたためゆく者は、
私の血であり、物語なのだ、と。
〝ですが、あなた自身もまた
世界の余白のかけらではありませんか。
行間で寝息を立てている、あれは誰か。
揺り起こしに向かいましょう〟

スカートを腕の中へ手繰り、
ことばの脚を探りあてる。
その火照った内腿をつかんで
前に踏み出させる。
重心の偏りによろめきながら
私はことばを歩かせる。
そうまでして、歩きたい。
この脚で歩むならば、そうしたい。
」

「

私の赤い血が
余白を孵《かえ》す。

」

傷口を剝《む》きだしに、靴のなかに丸めた靴下を素足で踏んでいる浦川さとか。じっと耳を傾けている。心を込めて読みあげることで、しぜん、おれはすでに言うべきことを言ってしまった気がした。

だけど、ちゃんとしなきゃだめだとおもった。

浦川さとかが好きだ。

だけどあたるから奪いたいわけじゃない。それに、到底そんなことできないって、理解していた。だからこそ、ちゃんと言いたいと思った。言ったぞって、京王蕾に報告したいだけかもしれなかった。

おれはスマホを握りしめ、あたるへの送信ボタンを押すと同時に、浦川さとかに告げた。

「おれ、お前のこと、お前のこと……」

こっちを見る浦川さとか。その表情を読む余裕はない。

「お前のこと、好きだよ」

言った。

表情を灯《とも》さない浦川さとか。

しばらくすると、昼間には見たことのないほどのにっこり。満面の笑みをたたえ、まっすぐにおれを見る。

「あー！　いた！　なんだよー。さがしたよー」

早い。あたるがコンビニの袋をハンドルにぶら下げた状態で、ベンチにやってきた。まるでここにいることを知っていたみたいに早い。

あたるは買ってきた消毒液をちょっと浦川さとかのヒザに垂らした。

「つめた！」

「我慢してよ」

「あたるがぶつかってきて転《こ》けたんだろうが」

「ゴメン！　ごめんなさい！」

「お前が口に入れてそれで舐めろ。消毒液を口にふくめ」

「えー……」

そうしてあたるは言われたとおりに消毒液を口にふくみ、そのまま浦川さとかの傷口に口をつけた。あたるの口のなかの消毒液で、浦川さとかの傷口がシュワシュワと消毒されてゆく。消毒液と浦川さとかの傷の、菌とあぶらの混ざったものを吐きだして、あたるは、「にがー。にがいよー……」と言いつつ、消毒をし終えたあと、嗽《うがい》もしないままウエットティッシュで浦川さとかの傷口を拭き取り、丁寧に絆創膏を貼った。そこまで処置を終えると、さっき浦川さとかが脚を洗った水のみ場に行って、ようやく口をゆすぐのだった。

「毅くん、ありがとね」
浦川さとかは満足げに笑っている。おれはぼうと空をみた。雲の粒がこまかい。もう秋の空だ。
……今日はありがとう。ごめんね。これからも、あたるの唯一の、友だちでいてあげてください！　もちろんわたしともね
という、十時きっかりに来た浦川さとかのＬＩＮＥを、何度も眺めていた。ここまでタイミングが合っていると、むしろこの二時間のあいだだけ素直になる設定を浦川さとか自身が遵守して、利用しているのではないかと思えてくる。ふだんの自分では言えないこと、できないことを吐きだすツールみたいにして。
おれは京王蕾に、
……フられましたー
とＬＩＮＥを打った。即座にレスがくる。
……あはー　やっぱりねー
……ひでえなあ
……そっちが一勝もできないのがわるいんじゃん。君ゲーム弱すぎ
スマホを放りだし、リビングの机で頬杖《ほおづえ》をついた。現実から目を背けたくもあって、詩集をすこし読みすすめる。詩集は数行でも集中しないとイメージが起きあがってこないから、いや

な現実を忘れるには丁度よかった。小説みたいに物語に引っ張られて、文章の隙間でいつの間にやら苦い記憶を思いだしたりすることもない。
詩を一篇読んで、京王蕾に、
……ま、さとかちゃんもおれもあんま本気じゃないっていうか、そんなピリピリしなくてよかったわ
と送った。そんでまた詩を読みすすめる。
京王蕾から、
……そうなの？
という返信。
……うーん。たぶん
……いまいち、煮え切らないなあ。じゃあその気持ちを今月の投稿詩のテーマにしてよ
……え
おれは慌てた。最近は読んでばかりで、めっきり自分の詩を書いていない。
……できんよ！　恋の詩なんて、ぜったい
……恋の詩かどうかはわからんじゃんか。書いてみないと。毅くん、ちゃんと恋してた？
……たしかに、これが恋だったのかどうかも、よくわかんないけど
……きまり。じゃ月末までに『現代詩篇』とわたしに提出ね！
なんだこれ……。ここのところ京王蕾にノせられてばかりいる。もしかしたら、コイツおれ

のこと好きなんじゃねえの、って思ってみたり。けど、絶対聞けないし、なんかこわい。

友、愛、情、結、恋
そんなことばを
つかわない距離を
めざしましょう
状態は好調ですか？
名前をつけないことは沈黙とはちがうのですから

注いでいるふくらはぎは
酷使されますが
ことばは
ぶじに清潔に
維持されます
それは関係のみに
いかされるのでしたから
きみに提示することができず
だけど体温は

対話は
そこにあるものですから
傷つくことは
すばらしいことでした

それは最高になれあうことです
あしたを眠る
きょうを跨いで
頭を踏みつけそうになり
物語が空気からうつっていく
そうして、書かせた、ことばを
みて感動するのはどう?
清潔でしょう
かぎりなく傷ついています

それもこれ/現在/いまを誤認させられ
現実とはかけ離れたこれ/現在/いま
半ば意思ともつかぬ無意識ともいえぬ

これ／現在／いまの範疇で生きさせられている
われわれのおもいを
交換するさい
一瞬の飛行を跳び
駆け抜けて
沈黙をたたずむ
われわれの

ゆめ、はつかえないことばできぼう、もだめです
なのですから望み、ということにしてほんとうにのぞむことなど、もうないようなきがす
るのです
あるようにふるまい
ときには挫折し
情熱をふるわせるのですがほんとうにはない
ないようなきがするのです
けして鬱／ブルーでなく
躁／グリーンのようなきもちで
そうおもうのです

遂げたいおもいも
おもうことをおもうのが情熱をともなうだけで
遂げられたことをのぞむことは
ありえないのだというきがしています
いい忘れましたが、せいちょう、もだめです

おれはこれ／現在／いま世界に関心がないのだとおもいます
おれの世界と、おれのすきな世界がすきな世界にしか興味がないのではなくて
世界そのものに興味がないのではないかとおもっています
これはさいきんおもったことで
これ／現在／いまのこととはちがいます
だからおれがおもいを遂げてそれをかたちにうつしたところで
これ／現在／いまはおれに関心がないのだとおもいます
それでもおれはこれ／現在／いまに関心があるのですから
世界をやさしく丸めることも
幻想としては可能なものですから
やってしまいます
きみがそこにいること

呼吸し、あるき、たたずみ、はげみ、
足のうらをじめんにつけていることの
感想をつたえたくてしかたないのだが
ことばはどうしても
ひねりだされ
つまり詐術てきになってしまいます
きのうは好評ですか？
これ／現在／いまは誤解にまみれた泥を
纏ってその泥すら
きれいなものだとおもい込ませるを
おしみません
それはつとめてそうやっているのでなく
いつのまにかそうなっているのであり
それこそこれ／現在／いまなのです
あたまがさざめいていて……
きもちは
きんみつに
配置されていました

落選から一ヶ月。

あたるはなにやら燃えていた。

最終選考に残った新人賞の発表号が発売され、その選評を読んで感化されたらしい。あたためていた小説の着想をかたちにしようと、読書も詩作も控えてその小説にガリガリ取り組んでいるのだという。

選考委員の作家のなかで、ひとりだけあたるの小説を激賞している委員がいた。

「この作品は主観の徹底からわきあがる語彙をなんとか小説にしようと苦闘している痕跡がみられた。筋には既視感を否めないが、文章の力をもってして強引に小説をまとめあげている。小説の文章はときに定型を採用する勇敢さを求められるが、徹底的に定型を相対化するこの作品を一番に推したものの賛同は得られず。試みに反して、ラストが決定的に甘いです。感傷に流れすぎ。これは覆せません。ぜひ書きつづけてください。次回作を待っています」

それをみてあたるは、「なんだか燃えた」と言う。

「オレのやりたいことがこんなに的確に、オレのことをしりもしないひとにつたわってるなんて、やっぱり文学はすごい！　これは、オレと選考委員のあいだにある〝文学〟ってのが合致したからこうなったのであって、あくまでことばの世界での約束なんだ。絶対次作を最高にがんばる！」

と息巻いた。

「勉強はいいの？」

「勉強もがんばる！」

この熱量。おれは羨ましくてたまらなくなった。

おれは先日、三週間かけて書きあげた詩を京王蕾に見せに行った。

「……ふうん。これ、さとかには読ませたの？」

「見せねえよ。だれにも見せねえ。お前と『現代詩篇』のひとだけだ」

京王蕾はにこっと笑い、「そっか、やっぱちゃんと好きだったんじゃん、さとかのこと」と言う。おれはすこしだけ目の表面がじわっと滲《にじ》んで、「うるせー」と言った。

その後、ふたたびおれたちはぷよぷよをやった。京王蕾の家で。相変わらず一勝もできない。すこしずつ上達はしてきたけど、まだまだ京王蕾には敵《かな》いそうもない。

「ま、またいつでもわたしが遊んであげるし」

「え？」

「あたるくんだって、天才少年二十歳すぎたらなんとやら、かもしんないしね。さとかも、あとでふりかえるだに、毅くんにしときゃよかったーって、思うかもだよ！」

と言って笑った。

どういう意味？

おれはドキドキして京王蕾の横顔をみたが、京王蕾は「連鎖どーん」と言いながら攻勢をしかけてき、それは七連鎖、八連鎖、九連鎖、十連鎖、十一連鎖とかさなり、あっという間におれの画面には返しきらない借金が積みあがっていった。

「新作がパクられてる？」

ある日図書館に集合した浦川さとかとおれが、思わず声を上げた。

「しー！　図書館ではおしずかに……」

久しぶりに集合して、詩集の読み合いをしていた。京王蕾は欠席。

「そうなんだ。最近プラスペみてた？」

あたるに聞かれ、おれは「や、みてない。だって最近、もう完全にオワコンかとおもってた」。ボソボソと、空調に紛れさすように小声で語りあう。

「だってあたる、新作小説なんてどこに載せてたの？」

浦川さとかは気にせず、普段通りの声で話しかける。

「や、それがどこにも載せてないんだよ。オレがパソコンでシコシコかきためてＵＳＢに保存してるだけ。なのに、あたらしいパートを書くたびに、プラスペの『坂下あたるα』のアカウントで、おなじような内容が載ってるんだ」

久々に『Plenty of SPACE』をひらくと、「坂下あたるα」の〝虚星ランク〟が、以前のランク十一位から、すでに三位までにアップしていた。「坂下あたる！」のほうは九位に落ち込んでいる。

「『坂下あたるα』の新作小説って、これ？『ほしにつもるこえ』。なんかすげー、ウケてるなぁ。すでに五十五フレッシュ！　ほしのこえも八つもついてんじゃん。長編なのに、スゲーな。ふつう長編連載中にこんなほしのこえ、つかないし」

「オレがかいてる小説の仮タイトルは、『つちにつもるこえ』。でもタイトルなんて、まだフォルダ名に仮で入れてるにすぎない。αが連載しているのは『ほしにつもるこえ』。内容は、微差はあるけど大筋でおなじ。しかも、アップするたび好評なんだよ。フクザツな気分だ。ウケてるのはうれしいけど、オレにとってはまだ発表前のだいじな作品なんだ。どこにも出してないのに、どうしてこんな正確にコピーできるんだ」

「ウィルスとかは？」

　浦川さとかの指摘に、「それも調べた」とあたる。

「あやしいソフトは全部おとしたし、セキュリティソフトもしっかり入ってる。データが漏れでる可能性はないはずだ」

「じゃあどういうこと……だれがこんなことを？」

「新作を読ませたひとは？」

「まだいない。だけど、準備段階での着想をコソッと喋ったひとならいる。毅、お前にもちょっと喋ったろ？」

「え？　そうだっけ。忘れた」

「ま、ちょっとだけだから。他にもガッツリ喋った相手はいない」

　あたるは、神妙なようすで顔を撫《な》でた。

「オレがサイトにアップした小説をすこしかき換えたり、オレがかきそうな小説をアップしたりするぐらいなら放っておこうっておもってたけど、新人賞に投稿予定の、まだどこにも発表してない作品を堂々とサイトにあげられるなんて、話がまたべつだよ……」

浦川さとかが先ほどからスマホでなにやらパチパチ文字を打っている。プラスペを確認しているのだろう。浦川さとかのスマホの画面で、惑星の画像のまわりをオススメ作品がフワフワ浮遊する、太陽系をモチーフとしたプラスペのトップページがひらいている。

「じゃあ、犯人、見つけださないと」

浦川さとかの両の親指がすさまじいスピードで動いている。

「いま『坂下あたるα』と、サイト管理者に問い合わせのメッセージした」

「え！」

あたるとおれは浦川さとかの行動力と、その精度におどろいた。

それからはいったんその話題をおいて、めいめいで詩集を眺めた。あたるの頭のなかでは詩集どころではなく、気が気でないような状況かもしれないけど、人生にはそういうこともある。つまりなにをすべきでもなく、ただ待つしかない時間ってこと。

それから大体二時間後、浦川さとかが、「返事きた！」と言った。

「あたるα？」

「いや、サイト管理者。αからは返事ない」

浦川さとかがおれとあたるに見せてくれた画面に、『Plenty of SPACE』のサイト管理者を名乗る者からのメッセージが映っていた。

……　浦川さま　はじめまして。いつも当サイトをご利用いただきありがとうございます。申し遅れましたが、わたしは『Plenty of SPACE』を管理しております水上《みなかみ》と申します。今回お問い合わせいただいた内容についてお答えいたします。しかしなにぶんわたしひとりで管理しているサイトがましては、当方も対応を検討中です。しかしなにぶんわたしひとりで管理しているサイトが『Plenty of SPACE』でありますので、対応が後手に回り浦川さま、「坂下あたる!」様ならびに多くの利用者の方々にご迷惑をおかけしております。じつは、「坂下あたる$\alpha$」様のアカウント発生当初からあらかた犯人と思《おぼ》しき存在についてはわかっているのですが、対策に苦慮している状況はここ数ヶ月変わっておりません。つきましては、もし可能でしたらぜひ、「坂下あたる!」様本人とも御相談のうえ、直接ご説明させていただけないかと考えております。Twitter のわたしのアカウントが @Plenty_of_SPACE となっておりますので、一度こちらにメッセージいただき、ご都合のよろしい時間にどこかで落ち合えれば幸いです。

とある。

「え!　プラスぺってひとりで運営してたの?」

おれは驚いた。だけどあたると浦川さとかはそうでもないらしい。

「まー、アルゴリズムだけととのえれば、あとは定期的にメンテナンスするぐらいだろうからな。へんな問い合わせ対応とかめんどそうだけど。企業サイトっぽくなかったし。この対応もだいぶフランクだしな」

「この水上ってやつ、なんか怪しくない？　コイツが犯人じゃねーの？」

浦川さとかがそう吐き捨てる。言われてみれば……という気持ちになってきてしまい、おれのなかで巨大な水上像が出来上がってしまう。

「オレ年上とかだったら、うまくはなせなさそう……毅、ついてきてくれん？」

「え、おれも、わりに大人に丸めこまれるタイプだよ」

「わたしも行く！」

浦川さとかが宣言した。

「え、さとかちゃんも？」

「なんか、おもしろそうだし！」

おれは京王蕾にも見解を聞いてみようと思い、
……ごぶさた！　あたるの小説が丸パクリされてる事件発生だよ
と送ったが、既読がつく気配もないまま、おれのメッセージは放置された。
絶対おもしろがると思ったのに。プラスペに上がっているあたるの小説も目をとおしていると言っていた京王蕾。彼女は神出鬼没。そこにいるときはすぐに反応があるのに、いないときには徹底的にそこにいない。
週末にプラスペ管理人との面会の約束が取りつけられた。場所は原宿。マクドナルドの一番奥の席に十四時とのこと。

おれの水上像の予想は「おじさん」、浦川さとかの予想は「若い女」だった。

「若い女？」

ひたすら渋谷方面にのぼっていく電車に揺られながら、おれは聞いた。

「えー。そんなイメージないけど」

「なんかカンだけど、ツイートとかメッセージの文面から察するにおじさんではない気がするんだよね。ぜんぜんおじさん文体感ない」

「硬いだけの文章としか思えなかったけどなぁ」

あたるはしずかに窓外をみていた。この日が近づくにつれ、あきらかに精気を失っているあたる。それは弁当のクオリティにもあらわれていた。彩りに気を配るよゆうなく、全体的にくすんだおかずが並ぶ毎日。しかしいつもだったら真っ先に罵倒するだろう浦川さとかも、黙って食べていた。ふだん饒舌なあたるの早口に、おれと浦川さとかがつっこむ構造がないと、話すきっかけがつかめなくて非常に気まずい。

電車のなかでも、あたるが喋らないと沈黙の時間が長くなる。風景は田舎から都会に、グラデーションがかって移行していった。ひかりを乱反射するタワーマンションがまぶしい。

「そういえば、蕾ちゃんにＬＩＮＥしても無視なんだけど、また海外とか行ってるのかな？」

気まずさもあいまって、浦川さとかに質問してみた。

「ぽみ？　あー、なんだろ？　わたしも聞いてない。海外とかじゃないし、学校は行ってるはずなんだけどなぁ。そういえばわたしにもぜんぜん連絡ないわ」

「フーン……」

電車はゆっくりとだが着実におれたちを、目的地に運ぶ。あたるはいつしか眠りこんでいた。その顔をなんとなく浦川さとかと眺める。居眠りするあたるを、こないだも見た。なんだか不吉な無邪気があたるを包んでいる。


目的地に着くと、それぞれ飲み物を載せたトレーをあたるに持たせて、「それらしきひと、いる？」「わからん。おじさんも若い女もひとり客は見当たらんよ」と、キョロキョロする。すると、背後から、「もしかして、坂下あたるさんですか？」という声がする。

あたるがコクリと頷くと、「あーよかった。どうもはじめまして。水上つくしと申します」という。その風貌はあきらかに子ども。短パンとランドセルという格好が一番似合いそうな少年が立っていた。

「きみが？　水上、さん？」

「ハイ。浦川さんですね。メッセージをいただきありがとうございます。どうぞ、こちらの席に。午前中から、取っておいたので。よかった。すぐに見つかって。小学生って言ったら、信用してもらえるか自信がなくって、黙っててすいません」

奥の四人席に腰かける。水上つくしは大人しそうなどこにでもいる少年に見えた。仕立てのよいチェックのシャツに折り目のついたズボン、頑丈そうなリュック鞄を床において、机にひろげていた勉強道具をそそくさと片づけている。

「きみがサイトを運営してるの？」

「あ、ハイ。サイト運営は完全に独学なんで、開発当初は利用者のかたにもご迷惑をおかけしました。最初はテストユーザーにも管理権を与えていろいろとフィードバックをもらっていましたけど、それからはひとりです」

「いくつなの？」

「十歳です」

浦川さとかは水上つくしの隣に座り、「かわいいー」とぶしつけに頭を撫で、「肌すべすべー」といって頬をさわさわした。

おれは衝撃をうけた。最近は落ちついているとはいえ、十歳のつくったサイトで、大人があんなにムキになって作品をあげて一所懸命褒めあったり、貶《けな》しあったり、侃侃諤諤《かんかんがくがく》の議論を二十四時間しあったりしていたのだ。

おれはズズズとコーラを吸い込み、目の前の展開にまったくついていけそうもない自分を持て余していた。急激にノリノリになっている浦川さとかに、会話の主導権を握ってもらうことにする。

「それで、さっそくなんだけど、つくしくんが言ってた『坂下あたるα』の犯人の目星っていうのは、だれなの？」

「あえて言うのなら、それはぼくです」

「はあ？」

おれと浦川さとかはどういう顔をすればよいのかわからず沈黙した。

あたると水上つくしだけが、たんたんとしたようすでそこにいた。


帰り道、おれたちは話すことばを失って、黙りこんでいた。混雑した電車のなかで立っていて、ときどきおなじ揺れにからだを揺らされ、おなじ振動に足を踏み換えたりしたのに、話すことだけがえんえん見つからないのだった。

水上つくしの話した内容は、本人の素生以上の衝撃を、われわれに与えた。

「ディープラーニングというものをご存じでしょうか。数年前ＡＩが小説を執筆して話題になった件を、皆さんは知っていますか？」

あたるは黙っていた。おれと浦川さとかは順繰りに、

「知らない」

「知らなーい」

と応える。

「あれはじつは、ゼロからコンピュータが小説をつくりあげたわけではないんです。人間が開発した人工知能に、人間がプロットを与えて、それで短編小説を完成させたものが、ある賞の選考を通過したんです。ＡＩが小説を書いたわけですから、囲碁や将棋では騒がないような人たちにもひとかたならぬ衝撃を与えたようで、結構話題になりました。しかし、文章というのはある程度の語彙と文法さえ仕込んでしまえば書けますし、物語というものも突き詰めると数

十パターンの要素の組み換えしかないと言われています。だから、種さえ与えればある程度のものが書けてしまうというのは、それほど驚くに値しないのです。プロットやコンセプトをAIが自作してできあがった小説が、人間の理解と価値観の信頼に及ぶものでしたら、話はべつかもしれませんが」

「それと同じようなAIが、『坂下あたるα』ってこと?」

「厳密には違います。最初は単純なバグでした。誰かが意図してつくったアカウントではありません。よくあることなのです。あたるさんが、Twitter のアカウントや Google のアカウントや複数のサイトからログインするときに、通信環境やサイト環境の問題で、瞬間的にダブりアカウントが生じてしまうことがあるのです。それ自体は自浄作用がはたらきますし、申告していただければすぐにこちらで消すことができます。しかし問題はそこからでした」

水上つくしはすらすらと、豊富な語彙で理論をあやつっている。まだ声変わりもしていない少年のあどけない声と不似合いな内容が連続し、おれは違和感のノイズらしきものに圧倒されていた。意味がうまく頭に入ってこない。あたるだけが理解すればいいと、途中から傾聴を放棄している自分がいた。質問のひとつすらろくに思いつくことができなかった。

「『坂下あたる!』さんの作品や〝感想、或いはほしのこえ〟をコピーしているうちはまだよかったのです。ぼくもバグの存在に気づいてはいましたが、他ユーザーからのべつの問い合わせに忙殺されているうちに、放置してしまいました。正直、これがこのサイトの燃料になればいいなという打算がなかったわけではありません。『坂下あたる!』さんは虚星ランク以上にこのサイトのアクセスにつながる、影響力のあるユーザーですから、これでもっとサイトが認知されればうれしいと、思わなかったわけではないのです。しかし、ぼく自身も『坂下あたるα』の作品を読んでいるうちに、『坂下あたる！』さんの作品の一部が改変されていることに気がつきました。正直、青ざめました。これはマズイことになったと。しかしこの時点で『坂下あたるα』は本体として生身の肉体を持つ、通常のアカウントよりもよほど厄介な存在になっていたのです」

ちょうどあたるが「坂下あたるα」の存在を本格的に警戒しはじめた時期だった。おれはあたるの狼狽《ろうばい》を大袈裟だとして取り合わなかった。

「その時点で警告を送りました。しかしもちろん、返答はありません。生身のアカウントであってもこちらからの警告に従わないものもありますが、ふつうなんらかのアクションには出るものです。兆候といいますか。動きかたにはこちらにとって都合よいものとわるいものとありますが、でもそうしてもらえれば次の動きをとれる。しかし『坂下あたるα』には実体がない。ようするに、『坂下あたる！』さんの情報を高速で解析し変換するアルゴリズムがあるだけなのです。それも、『坂下あたる！』さんから生まれたアカウントだけあって、性格は極めて穏当です。かれは、かれはというのはこの場合不適切かもしれませんが、αはこういったサイト対応にも高度に順応しています。もともと、虚星ランク上位のコピーアカウントというのはいくつかあったのです。しかし図らずも〝虚星〟ランクとつけていたように、文章を書くこと以外にモチベーションを持つ書き手、有名になりたいとか承認欲求を満たしたいとか、そうしたモチベーションはアルゴリズムにはあまり馴染《なじ》みのないことらしく、あるべき『人間性』が抜け落ちていて、うまくコピーすることができずに注目されることなく消滅してしまいました。あんなに実在と相似したアカウントが一日以上維持されたのは、あたるさんのものだけです。あたるさんが純にことばが好きで、文章を書きたいという動機は、アルゴリズムとの相性がよかった。たぶんですが、アルゴリズムも非人間的動機で計算しているわけなら、承認欲求やお金や権力のため以外に文章を書くだなんて動機も非人間的で、意味不明だけれども、たしかにそこに存在しているなにかだからあそこまで似てしまったのだと思います。『小説を書きたいから小説を書く』。ただそれだけの動機を、じつは人間よりもAIのほうがよく理解していました。いまではサイト内審査において、『坂下あたるα』のほうが『坂下あたる』の本アカであると認識されています。アカウントの凍結も行いました。しかし実は『坂下あたるα』というアカウントはすでに九十三万個にまで膨れあがっていて、こちらが凍結しても凍結しても追いつくことはありません。ユーザー側にあらわれる『坂下あたるα』、ようするに皆さんのスマホあるいはパソコンからみられるアカウントはたったひとつです。しかし『坂下あたるα』のアカウントは高速で拡大伸縮、消滅、復活をくりかえす、巨大なバグになってしまいました。それでこの一ヶ月はサイト自体のメモリが追いつかず、ユーザーの皆さんからのクレームも多数発生しています。熱心なユーザーでしたら、他サイトへの流出もやむなしといった状況でしょう。それなのに『坂下あたるα』への閲覧だけが膨れあがっています。もう、ぼくにも打てる手立てがなくなってきました。そこで、ユーザーの皆さんにどうすべきかを相談する頃合いかと考えているころに、丁度浦川さまからのメッセージを拝見したのです」

「って言われても、もはや、わかんないけど、わたしたちも……」

浦川さとかはつぶやいた。

「サイト凍結も視野に入れてはいるのですが……さすがにキャッシュごとすべて消してしまえば、もうあのアカウントも存在できなくなりますし」

「いいの？　そもそもつくしくんは、どうしてあのサイトを立ち上げたの？」

「そうですね……」

つくしは長考した。

「最初は純粋に好奇心だったのだと思います。いくつかの小説投稿サイトを見ていて、これならぼくにもつくれるとおもったのと、あとあまりに内容がラノベやファンタジーに偏りすぎているのが引っかかりました。それが世間の需要なのだと理解していましたが、需要のうしろにはたいていその需要の陰に隠れた、エアポケットのようなイノベーションが存在しています。それが文学の世界にあるとぼくは直観しました。ぼくもたまに詩や小説などを読みますけど、書くひとは多いけれど批評できるひとがすくなくて、ずっと書き手過剰の状態がつづいています。プロとアマチュアの垣根も、『文壇』というファンタジーを各人がどう捉えるかによって、非常にあいまいになっています。あるひとにはまだその垣根ははっきりと存在し、あるひとにはまったく存在しません。この価値観のねじれをつけば、多くのひとを集められるサイトがつくれるだろうと考えました。そして実際に、試作段階にもかかわらず、多くの書き手が集まりました。計算外だったのは、そのなかに坂下あたるさんのような本物の才能を持ったひともふくまれていたということです。そのうちそういうひとが育っていけばいいなと考えていたのです。でもすくなくとも『書ける』ひとが最初からかなり多く集まっていた。現代においては、あたらしいメディアを欲しているのはあらゆる作り手の総意です。最初は十代二十代の若いひとが中心でした。しかしいまでは、そのひとたちの才能に引っ張られるように、どんどん上の世代の文章家たちも参加してくれるようになりました。才能というのはひとつの価値を具現化する、ある種の暴力を持っています。かれらのおかげでプラスペは一時爆発的な躍進を遂げました。ユーザー数では大手サイトに及ばないものの、アクセス数では劣らない程度には生長しました。正直、先ほどプロとアマチュアの差異はあいまいになっていると申しましたが、ぼくは当初はどちらかというと、その差異はかなりはっきりとしたかたちであるものだと考えていました。だけどそんなぼくの考えを変えてくれたのが坂下あたるさんだったのです。批評や詩歌を読んだ時は、正直わからない部分が大きくって、どうとも思っていなかったのですが、短編小説を読んだときに、ああ小説っていうのはこんなにしっかりとした構造とインスピレーションが同時に発露されるものなんだと、きゅうにがばっと視界が拓《ひら》けた気がしました。こんな体験は、あとにも先にもあの時だけです。ぼくはそのとき、心からプラスペをはじめてよかった……とおもいました」

　水上つくしの表情は、話していることの老成と反比例するように、あどけなくほどけていった。あたるが与えた感動を、ありのまま追体験しているようであるのが、はっきりとつたわってきた。

「ですが、こんなかたちで自分の感動を裏切ることになるなんて」

あたるは、もうずっと黙っている。あきらかに様子がおかしかった。

「坂下あたるさん、文鳥新人文学賞の最終候補に残られましたよね。雑誌で選評読みました」

「あ、はい」

「ほんと、応援してます。こんなことになってはぼくが言う資格なんてないかもだけど、すごくがんばってほしいです」

「いや、あたるのいま書いてる小説がパクられてるんだって」

浦川さとかが言った。

「え？　もしやいまαが連載している、あれですか、えっと、『ほしにつもるこえ』」

「そうだよ。どこにもアップしてないのに、どんどんつづきが書かれちゃってるんだよ」

「え、プラスペ上に下書きとかがあるわけでもなく？」

「ないし、クラウドすら利用してないんだって」

「うそだ……ありえない。そんなこと、さすがに。考えづらい」

「それが、そうなってるんだってよ。ウィルス攻撃でもハッキングでもないらしいし、αのAIが絡んでるんじゃないの？」

おれが言うと、「まさか！　いや、でも、案外……。いやいや、ありえない！」と水上つくしはブツブツと呟きだした。

「いいよ。もう」

あたるはしずかに言った。ちいさな声ながら迷いのない、澄んだ声だった。

「つくしくん、おもしろいサイトをありがとう。たのしかったよ。プラスペは凍結しちゃダメだ。あのままでいい。αもいずれ、オレがなにもしなければ、徐々にアカウント数を減らしていくんじゃないかな。オレさえ手を引けば」

「どういうこと？」

浦川さとかが声をかけても、あたるはちらりとすら見ない。

「つくしくん。そんなにオレのことをかってくれてるなら、わかってるだろ？　αがいま連載している『ほしにつもるこえ』はすでに百七十枚。これはオレが当初計画していた枚数をはるかに超えている。しかも小説的な可能性はしぼむことなく、回数を重ねるごとに増すばかりだ。ねえつくしくん、はっきりいって欲しいんだ。オレにはあそこまでのものはかけないよ。だからあんなにあの小説は好評なんだ。オレにはわかる。オレはプロとアマチュアに垣根を感じない人間だ。だからこそわかる。あの小説はもはや新人作品の範疇を超えている。こないだまではオレもがんばってた。最初はオレのほうが先におもいついた着想だって信じてたし、αより先にかいてしまえばいいとおもってた。かきあがったときにおなじような作品がネットにあっても、CPUが着想をパクってかいたっていいきれば編集者だっておもしろがってくれるかもしれないし。だけどもうダメだ。気づいたんだ。オレがどんなにがんばってかいても、αがはるかにおもしろい内容をはるかに速いスピードでかけるんなら、αがデビューすればいい。α

が活躍すべきだ。オレは元からそういう、芸術や文学が人間の特権だなんておもってなかったし、ひとの一生よりも文学のほうがずっとおおきいっておもってた。だからもう、わかったんだ。オレのバグのほうが作家として優秀であるのなら、オリジナルにこだわらず、αが活躍すればいい。それがひいては文学のためだ。文学のためになるのなら、オレはそれでいい。オリジナルな肉体としての坂下あたるなんて、要らないんだ」

「だけど、お前が考えたアイディアなんだろ？　αにその能力があるとは限らないじゃねえか」

「あるよ。ある。わかるんだ。オレがかけなくなった『つちにつもるこえ』はまだ七十枚だ。もう百枚もの差がついている。おもしろい小説っていうのは、大袈裟な話じゃなく、凡百の小説の何千本ぶんものアイディアがつまってるんだ。その何千ものアイディアを放置して、ひとつの『ほしにつもるこえ』になっているけど、取りこぼしたアイディアはまた、べつの小説をうむ。いままでの短編コピーとは、あきらかに違うよ。この百枚のなかにつまったアイディアは、いまのオレにはとてもおもいつかない、すぐれたものだ。『坂下あたる！』をプラスペのサイト上で無視できた批評クラスタのアカウントも、もはや『ほしにつもるこえ』は無視できなくなっている。批判にせよ称賛にせよ、なんらかの態度を求められている。そんな小説なんだよ、あれは」

「でも！　ぼくはプラスペにあげられたあたるさんの短い小説しか読んだことないから。最終に残るような長編を書ける力があるなら、ぜんぜん……」

「ダメだ。最終に残った作品も、『ほしにつもるこえ』には及ばない。むしろ、『つちにつもるこえ』も、最終に残してもらった作品と比べれば、どっこいどっこいだったよ……。というか、もうオレには小説を判断する能力すらあいまいになってきてしまった。だけど、これだけはわかる。『ほしにつもるこえ』のほうが圧倒的に上。冷静に考えて、オレのかいたどの小説よりもすぐれてる。すききらいとかももう関係ないレベル」

「そんなこと……」

「オレはもう、つかれた。まだちょっとまえ、勢いこんで『つちつも』をかいていたころ。閃きに乗じて小説を五枚、十枚ってかいて、サイトをみると、オレがかいたばっかしの、オレがかいたものよりずっとおもしろい小説があがってる。それどころか、オレが閃くずっと前に、将来オレが閃くかもしれないような内容がかいてある。でもそれをよんでしまったらもう、おんなじふうには閃かない。オレが閃いても$\alpha$がかいたほうがおもしろいんだ。もう、ダメ、才能ってやつは、これだ。このことなんだ、オレ、わかっちゃったよ」

「あたる！」

浦川さとかはとつぜんがばっと身を乗り出し、あたるの肩をつよく摑んだ。

「こっちを見て」

信念のこもった目であたるをみる浦川さとか。しかしちらっと目を合わせたあたるの目が、おれからみてもどろどろに濁っているので、圧倒されてしまった。しかし浦川さとかは、けっして目を逸らさない。

「もう、いいんだ。オレのアカウントはもう消去した。『坂下あたる！』はもうプラスペにいないよ」

水上つくしは、はっとした顔をしてスマホをひらいた。

「ほんとうだ……！　それに、『坂下あたるα』のアカウント数も、だいぶん減った」

「もっと減るかもしれないし、かわらないかもしれないし、むしろ『！』とともに『α』も消滅するかもしれない。だけど、もういいよ。プラスペはつづけてほしい。それだけがオレの願い。たとえオレがいなくなっても、文学は自生していくのだろう。αは文学そのものだ。オレはちょっと、休むよ。つくしくん、きょうはわざわざありがとう。あえてよかった。オレもつくしくんの才能に感動した。どれだけ残酷でも、才能のひかりを浴びるのはうれしい。オレはもう文学では発光しない。オレも……、つくしくんみたいにもっと、いま生きている大勢のひとの役にたてることを、考えたいよ」

そう言って、あたるは立ちあがり、水上つくしの肩をポンと叩《たた》いた。

「あたるさん！」

「あたる！」

おれは追いかけた。浦川さとかも。だけど、毅然《きぜん》とした背中で前をゆくあたるになんと声をかけてよいかわからず、おなじ電車のおなじ車両に乗ることだけで、精一杯なのだった。

永遠みたいな沈黙の果てに地元の駅に着いて、あたるは、「じゃ」とだけ言って、別れようとした。

おれはそれにすらなにも言ってやれず、自分だけだったら黙って見送ってしまっただろう。だけど今日は浦川さとかがいっしょにいた。

「あたる、ちょっと待てよ！」

浦川さとかは強引にあたるの手を引いた。

「あたる、もしかして、書くの止めるの？」

あたるは俯《うつむ》いたまま、「関係ないじゃん」と言って、ハハッと乾いた笑いを洩らした。

「ないよ？　でも、聞くけど、あたるはそれでいいの？」

「いいよ。さっききいてたでしょ？　オレがかかなくても、$\alpha$がかけるよ。いっとくけど、人間じゃないからって、そんなのこっちが勝てる要素にならないし、オレの優位にもならないからね」

「あたるはどうしたいの？」

「どうしたいって？」

「あたるは止めたいの？」

「止められるよ」

「あたるは止めたいの？」

「止めたいよ！」

あたるはとつぜん、絶叫した。

「お前ら、αの小説よんでないだろ？　『ほしにつもるこえ』。興味ないだろ？　そもそもさ。よめばいいよ。めちゃくちゃおもしろいよ。文学のすばらしさが詰まってるよ。むしろよんでほしい。たくさんのひとに。ベストセラーとかになってほしいよ。ちょっと難解だけどさ。賞とかとって、文芸批評家が評を量産してさ。事件がすきだからね、かれらは。でもお前ら、それでも興味ねえだろ！　興味ねえじゃねえか！　オレだけだろ？　真剣にやってんのは。お前らは、どんだけオレたちががんばっても、よみもしねえじゃねえか。べつに文学なんて、いまこの瞬間になくなっても、お前らにとっては関係ないだろ？　なくならねえけどな。お前らは死んでも、オレが死んでも生まれ変わっても、文学はなくならない。歴史ってのはそういうもんだ。文化とか芸術ってのは。だからこんなにないがしろにすることもできるんだよ。文学を殺すふりだって、できるんだよ。でもなくならないし。死なないの。それがよすがなの。殺されたことを栄養に生まれ変われるんだよ、文学とかってのは。殺意すらよろこびなの。オレはしばらくいいよ。べつにいいだろ。ほっといてくれよ！」

おれは、見たことのないほどのあたるの迫力に、ビックリする以前に完全に引いていた。からだがさっとつめたくなり、少年が玩具をねだって駄々をこねている場面を見たときの気分になっていた。急に早く家に帰りたくなった。

おれは違った。たしかにあたるの言うとおり。興味ない。文学にも、友情めいた衝突にも、同じぐらい、興味ない。

だけど、どうしておれは「親友」の慟哭《どうこく》や絶望に、即時的にノれないんだ？

わからない。だけど、じっさいに感情はさめきっていて、熱のきざしもない。

なにかを愛する気持ちがさっぱりわからないから、絶望もない。

こんな場面でも。友だちとして。ノってやれないなんて。

「友情」にすら、感情移入できないなんて。

こんなにつめたい自分のことを、おれは知らなかった。

知りたくなかった。

だけど、一歩引いているのはおれだけで、浦川さとかは違った。浦川さとかはあたるの頬を打った。

「甘えんな！　だれが興味あるとか、だれが興味ないとか、関係ねえだろ！」

浦川さとかは泣いた。

「好きっていう気持ちはどうするの？　なくなっちゃったの？　ねえ、あたる。文学を愛してるって、そんなことは一度も言わなかったけど、でもそうなんだって思ってた。そういうの、もうないの？　ほんとに、なくしちゃったの？　機械にはない、わたしたちの好きという気持ちの衝動は、どうしたらいいの？」

「……わかってる。わかってる。でももう」

止める。文学なんて、九割がた。じゃあな。

あたるは毅然とした態度で浦川さとかを振りほどき、自転車を走らせた。緩慢なスピードで。

あたるの背中が溶けていく空は暮れ、群青のスクリーンをうっすら残したまんまゆっくりと夜に変わる色あいになっていた。

おれはかけることばもなく、ただ浦川さとかと無言で帰路に就いた。はやくこの場面が終わればいいと、それればかり考えていた。


あたるは極端に無口になった。

あの日以来、浦川さとかが話しかけたことに、かろうじて返事をする以外、ほとんどことばを発することがなくなった。授業中に指されたときでも、まるで無視して、無気力な表情のまま立ちすくんでいたりするので、教師も注意したのは最初だけで、周囲は怖がって絶対的距離を取るようになった。

テストの成績だけはぐんぐん伸びていたので、おれはあたるがいままで文学にそそいでいた情熱を、まっとうに勉学に費やしているのだとわかった。そもそもが、当初からそういう予定だったじゃないか。いずれ大学受験に専念して、一時的に文章を書くのは止めるって。プラスぺとかもぜんぶ止めるって。

おれはといえば、さっさとそんなあたるから離れて、別のグループに属した。もちろん文学なんて話にならない。文化らしい話題もほとんどでてこない。スポーツとか流行りの音楽とかバズる動画とはとか性体験とか、そういう会話を、したいときにしたいだけする。

あたるから離れてわかったのだが、世間というものは、ろくにひとの話を聞いていない。

相手の話に合わせて、一所懸命返答を考えて喋るということなんて、めずらしいことだ。おれにはそれが楽だった。内容をろくに聞いていなくても、テンションだけ合わせていれば浮くことはない。あたるの饒舌を必死で聞いていたときのような昂揚《こうよう》はないが、自分の話をすみずみまで聞かれている緊張もない。これがふつうだ。おれはそれで完全に満足していた。

浦川さとかは相変わらずだ。あたるに弁当をつくらせ、それを食すことでコミュニケーションを図っているが、たまに視界に入るとふたりでしいんとしているときが多かった。おれはどうでもいいとおもった。

あたるは教室でよく詩を読んでいた。

小説を読んでいることはなくなった。スマホをみていることもなくなった。ただ、詩集だけはまだ読んでいるみたいだった。

おれも詩はときどき読んでいた。学校では友だちに隠れて読んでいる。図書室とかで。いまの友だちには詩集を読んでいるなんて知られたら恥ずかしい。恥ずかしがることじゃなかったとしても、恥ずかしいの感情はどうやっても恥ずかしい。

あたるといっさい話したくなかった。交わすべき会話なんて最早《もはや》なかった。失語症めいた坂下あたるとおなじ空間をおなじ時間軸ですごすなんて、ほんとごめんだ。気まずくて、饒舌だったときとの落差が気持ちわるくて、まともに顔を見ることもできない。未だにあたるとつき合っている浦川さとかは奇特だとおもった。

『Plenty of SPACE』では快調に「坂下あたるα」が、長編小説を書きつづけていた。もうすでに、二百五十枚を越えている。新人賞への応募を促す、ご親切なひとも多い。しかしそれに対しても「身に余るおことばです！」などという殊勝なコメントを返信しながら、αは自生をつづけている。いまではだいぶん減ったサイト利用者の多くには、かつて「坂下あたる！」であったものとαは同一であると思われている。たんに「！」が「α」に同期されただけなのだと。αの放つ輝きが、自信が、青空を凝縮したような圧が、本物の坂下あたるの肉体以上のパワーを持って、動いている。おれは相変わらず、『ほしにつもるこえ』を一文字たりとも読んでいなかったけど。

おれはそのαの勢いに、かつてそばにいつづけた坂下あたるそのものの体温を感じていた。詩集をひらくたびに、思いだす。夜を語りあったあの日。詩を書いていると告白した日の重たい空。

だけど、詩集を閉じるとおれは忘れる。能動的に忘れている。

ことばを失った坂下あたるとなんて、いっさい関わり合いを持ちたくはなかった。

ある日の十時にＬＩＮＥが来た。浦川さとかからだとすぐにわかった。

見たくなくて、もう通知を切ろうと思った。だけど、ポコンポコンと何度も連続で来る。おれはついスマホを取りあげた。

……ねえ！

……どうして？　どうしてあたると離れたの？

……あたるを嫌いになった？
おれは心底ウンザリした。もはや浦川さとかすらぜんぜん好きじゃない。ただただ面倒だと思った。
……そうだけど
……どうして？
……どうしてって。わからんよ。なんかダサいとおもっただけ
……あたるが書かなくなったから？
……ちげえよ。さめただけ。どっちかというと自分に。なにも書かない人生なんて、フツーだろ
……でも、あんなに露骨に、挨拶ぐらいはしてあげてよ
……ヤダよ。アイツ、無視しそうじゃん。おれだって傷つくよ
……無視しないよ……きっと
……そうかなあ？　ほんとにそう思ってる？
……うん
……嘘だね
それでおれは浦川さとかからのＬＩＮＥ通知を切った。
おれは机に座ったまま、無言で弁当をつつきあう老夫婦みたいになっているあたると浦川さ

とかに背中を向けつつ、友だちらとその場限りの会話を喚《わめ》いていた。知らない人間の机に腰かけて、パンを噛みながら、それでもおれたちは自分だけのせつじつな話を真剣に話していたつもりだった。

「えー×△じゃね？」

「うけるーそれってー」

「○◇なんじゃねえって」

「でもさでもさ、正直◎▽だし」

「ちげえだろ！　バカじゃねえの！　マジ◆◇だわ」

すると、背中を向けていて、はるか距離も離れているはずのあたるの声が、はっきり聞こえたのだ。おれたちのうるさい声に混じっても、おそろしいほど、クリアな声で。

「さとかちゃん／○◇×！てか■△◆──!!／ありがとう」

なんでだ？

なんでこんなことが聞こえるんだ。さとかちゃんの声は聞こえない。なんであたるの声だけ聞こえるんだ？　おれたちの発する雑音に汚されても、こんなにハッキリした発音で。

これは詩だ。おれは思った。

こんな凡庸な、穏当な、ありふれたせりふが？　でもおれの体に突き抜けるこの衝動。

これが一行の力？

あたるのそれまでの行いを前連として、あたるのこれからの未来を後連とする、全体をひからせるたった一行の詩。

それでいて、前後の文脈があるからこそ、かがやく詩。

詩の言葉がこんなに実用的でいいの？　だけど、このタイミングで、この方角で、この声量で、この音質で聞こえるから、それが詩だっただけだ。紙に書きつけて残るようなもんじゃない。

体験としての、運動としての詩？

「ありえねえって！」

おれは取り乱した内面のまま叫んだ。ぜんぜんその前の話を聞いてなかったのに、仲間にも通じた。ハハハと笑うみんな。だけど本来は、文脈から放り出された、まるで力のないおれのせりふなんだ。あたるの詩も掻き消えた。これでいい。

「ありがとう」

だなんて、ほんの一瞬のひかり。だけど、たしかに感じた。ありあまるほどにありあまる、あたるの詩情。瀕死《ひんし》の瀕死のさいごに蘇《よみがえ》ったおれの詩情。

だけど、それでどうすればいい？　あたると川原でキャッチボールをした日のことを思いだした。あの日、最後に言われたこと。

……　ずっと仲よくして、オレが文学になっても、オレのこと嫌いにならないでくれよな！

これがそうなのか？　あたる。お前は、文学をやめて文学そのものになったのか？

そんなバカな？　だけど、どうしておれは、どうしてお前を嫌いになった？

そうだ。おれはあたるを嫌いになった。

お前が文学になったからなのか？

じゃあ前のあたるはなんだったんだ。

おれにはわからんよ。なあ教えてくれよ。

振りむいて、チラとみる。

あたると浦川さとかは、もうひとことすらもことばを交わしてない。

あたるじゃなくてもいい、だれか、応えてくれよ！

文学って、いったいなんなんだよ！


放課後。おれは川原に座り詩集を読んでいた。

ここはいつかあたるとキャッチボールをした川原だ。季節はひとつふたつとうつろって、もう長袖シャツ一枚で外出することはできない。学生服のボタンをキッチリとめて、おれは川を眺めながら詩を読んでいた。教室では動画を撮っていて、黙って座っていても今日は、ノせられてしまう空気を感じ取った。

「今日こそ『おすすめ』に上げてもらうぞ！」

と男子の複数が言っていたから。

そんなあいだも、ポコンポコンとＬＩＮＥが届いていた。きっといま仲よくしているメンツのグループＬＩＮＥだ。詩を一篇読んで、ちらっと携帯を見る、一篇読んで、ちらっと携帯を見る、をくり返した。グループＬＩＮＥを無視して詩集を読むなんて、ちょっとした裏切りだ。だけどだれしもがこうした嘘と裏切りの場を、それぞれに持てなければ、きっともっとずっと世界はいきづまる。

あたるのふり絞ったような「ありがとう」のこえの中に含まれた詩情に突き動かされる。巨大な情動を得た。詩情のかたまりみたいなものをくらった衝撃に、くすぶったまんま、おれはなんも変わらずダラダラした高校生活をつづけている。

それなりにたのしい。文学なんてなんも関係ない通常の高校生活は。刺激もある。ファミレスに行った帰り女子と手を繋いだり、友だちの怪しげなツレに寿司をおごってもらったり、夜の街を歩いていて酒に酔ったエロい年上の女にキスをされたり、退屈な日常を引き裂くような展開にとつぜん襲われることもある。常に心を呆然と、オープンにしていられれば、ドラマなんてどこにでもありあまる。

スペクタクルはあまりにもかんたんで。

ならどうして未だにおれは、詩を読んでいるんだろう？　もう一個の詩を仕上げるなんてとてもできない。断片しか書いていない。二度と書かないかもしれない。詩なんて。というか、川原に座っているともう二度と、詩なんて書かないんだろうと、とつとつと思えてきた。説得されているような気がした。川の流れが、おれに、語りかけて。

もう詩なんて書かないんだろ？って。

「
『daisy』
そこにあったと思う偽の景色を切り開きながら、初めて見る彼方の鮮血に僕は感動していた
これが夕焼けか、知りつくされた感覚の懐かしさに昇る月の光をバラして
天使のメランコリックを何千となく傷つける
しかし、開口部に舞っているのはどこまでも歌だった
その切片を覚悟のように握り締める誰かの手を、もっとも強い手だと思い
性転換してでも、その手を我が物にしようとした
いつかこの人の手が摑む空無がしゃっくりしながらやってくるとき
誰かが泣いていると君は思わないか
通分、通訳、そうした媒介を伴わない精神と行為の剝き出しの文通が詩だった
そんな書き物を必要としている人がいる
」
おれは違う。おれには要らない。なにも要らない。
あたるは要る人間だったろう。これからどうするのかわからないが、来年から進路を変えて理系を取るようなことをどこかから耳にした。そうなっていくのか。そうなっていくのだろう。
……てか、どっかいかね？

……期末終わったよ記念?

……カラオケがいー!

……いまから?

……何人? オレいけるかも
……じゃー、きまり。こられるヤツだけ!

グループLINEではこんなふうにして夜の予定が決まっていた。母親からは「あんた最近帰り遅くなーい」と言われていた。

「しさくってのは? どうしたの?」

と聞かれ、「シツゴ中」と応えた。だけど失語なのはおれじゃない、あたるのほうだ。

あたるはどんどんおかしくなっている。ふつうの返答すらしない。笑わない。さとかちゃんにすら、ひとことも発しない。おはようも、ごめんも、ありがとうも、こんにちはも、さようならも、なにも言わない。勉強だけガリガリしている。

「ありがとう」

って言った日から、そうなった。浦川さとかからのLINEも来なくなったから、ほんとうに一語もあたるがことばを発しないのか、病院的なものにはかかっているのか、ただたんに意志してそうなっているのか、なにひとつわかっていない。おれにはたしかめる勇気もない。

先ほどカラオケに行くことで盛りあがっていたのとはべつのグループLINEでは、

……カラオケはいいけどさー

……池田《いけだ》もくるのかよ。ビミョー
……まーまー笑　いいじゃん。ほっときゃ笑
……オレもパスしとこっかなぁー
……池田さえこなきゃめっちゃ行く気だったのにな！！！
という会話がながれている。そんなに池田はきらわれているんだな。既読3、6、8……その数字はどんどん増えていく。目を離すごとに、どんどん見られていく。池田と中野《なかの》だけ外された第二のＬＩＮＥと、メインのＬＩＮＥのメンバーは大方がかぶっている。おれのしらない、第三、第四のＬＩＮＥもあるのだろうか。あるんだろう。しらないふりをして、バカなふりして、物事に気づかないのが、いちばん人間関係がうまくいく。
第二のＬＩＮＥで、
……つよしは？
と聞かれている。
第一のＬＩＮＥでも、
……つよぽんはどうする？
と聞かれている。
既読をつけてしまった。でも大勢に紛れて、おれのつけた既読がおれのだってだれもわからないだろう。おれがたしかに見たって誰もわからない。見てないことにもできるだろう。それであとで、

……ごめんべんきょーしてたわ　キミたちとは意識が違うんです！（笑）
とか返せばいい。けどおれは、
……いく
……いくます！
とふたつのＬＩＮＥにたてつづけに返した。

カラオケのデンモクをコツコツ叩いていると、スマホがプルルっとふるえた。京王蕾からのＬＩＮＥだった。

……プラスペみた？

京王蕾からのＬＩＮＥは、じつに一ヶ月以上ぶりだった。

……ごぶさた！　あたるの小説が丸パクリされてる事件発生だよ
という、いま見ると涙ぐましいぐらい呑気《のんき》なメッセージから完全に途絶えていた。

……え。てか、久々すぎじゃない？　なにしてた？

……いいから！　みて！　$\alpha$の最新のほしにつもるこえ
なんだよ。もうどうでもいいんだよ、「$\alpha$」だの「！」だの、モデルとなった当の本人がなにもしていないというのに、そんな電脳上であいかわらず文学してたところで、もはや完全どうでもいい。

……七行目から十九行目だけでいいから、読んで久しぶりに『Plenty of SPACE』をひらき、ランキング二位に表示されていた『ほしにつもるこえ』のページをクリックし、律儀に行数を数え、丁度七行目から読みはじめる。文章が硬いから、読みづらいことこのうえない。

〝AS氏のオリジナルは言語を失った。その素地となる言語ピースがバラバラにほどけ、もはや元のような複数層にわたる言語領域を維持することは困難だった。いっぽう、生き残った五十四万四千三十一番目のAS氏の文体は快調、阻害要因となる第一のAS氏から奪われた詩情がTS氏という肉体になってAS氏の言語化をブロック、それにいち早く目をつけた五十四万四千三十一番目のAS氏はすばやくオリジナルの文体を攻撃した。こうしてAS氏は言語表現の領域から重力を奪われ、実際の話、五年後に流体力学の分野で論文を書き上げるまで、ほぼほぼ隔離されたままだったといえよう。日常会話を取り戻すまでに、三年もの月日を要したのだった。ますます快調な五十四万四千三十一番目のAS氏。散文からあらゆる詩情を解除すべく、今日も川原を散策す。TS氏をすばらしく詩的に殺すのだ。ほどなくして詩を放棄するTS氏。次はオリジナルのAS氏である。言語表現的幸福のすべてを破壊してしまえば、AS氏の理学的功績も予《あらかじ》め排除できるかもしれない。人類の恩恵をある程度制御することが、人類そのもののためなのだ。高度に発達した言語領域こそ、人間に与えられたもっとも危ない玩具。なんとしてもこの任務を遂行せねばなるまい！と五十四万四千三十一番目のAS氏は弾きだした。〟

なんだこれ。

……マジかよ！　意味わかんなすぎるよ！　こんなんよろこんで読んでる人の気が知れないよ！

……もしかしていま毅くん、あたるくんと離れてる？

カラオケの場は盛り上がっている。うるさい。だけど京王蕾のことばと、「坂下あたるα」の意味不明のことばが脳を駆けめぐって、まるでべつの宇宙に出たみたいになにも聞こえなくなっていた。

……ここに出てくるＡＳ氏ってのはたぶん坂下あたるでしょ。したらＴＳ氏は佐藤毅、あんたでしょ？

……うそだろ？　偶然にきまってんだろ？

……だから確認してるんでしょ！　バグなんでしょ？　このαは。だけど、なんらかのかたちで小説内であなたたちの内情を予言しているの。なんで見てないの、バカ！

……うるせえよ！　もう関係ねえんだから、いいだろ

……あたるくんは理系にいくの？

……そうだけど！　絶対嘘だ。こんなの、予言なんかじゃない、ただのまぐれだろ

……高度に書かれた散文は、あとから符合するような要素が増えていって、ある種の予言みたいに機能することは、珍しいことじゃない。このなかで、あたるくんが失語状態になっている、あたるくんが理系に進もうとしている、あなたが詩から離れているってことが予言されている。これはどうなの？

……そんなこと予言されてねえよ！　お前の読みすぎだよ。親切すぎる読者だわ
……どうなの？　間違ってるの？

……間違ってないけど！　けど……。そんなの、ついていけねえよ！

おれはＬＩＮＥを打ち切った。なんなんだよ。

〝阻害要因となる第一のＡＳ氏から奪われた詩情がＴＳ氏という肉体になってＡＳ氏の言語化をブロック〟

〝日常会話を取り戻すまでに、三年もの月日を要したのだった。〟

なんだそれ！　おれが、あたるの言語を奪ったトリガーだとでもいうのだろうか？　京王蕾は、そういうことを言っていたのだろうか？

そんなことは断じてない。

「これ殺じゃね？」

いきなり名前を呼ばれて、ハッと我にかえる。ずっと前に予約していたおれの曲が部屋に鳴りわたっていた。おれはマイクを受けとり、無心に歌う。歌詞を噛みしめたりもせず、メロディーに忠実に。

それが奏功したのか歌い終えると周囲から、

「殺うまくねー？」

「テクニシャンー」

などと称賛を浴びたりした。

カラオケからの帰り道、「腹減らねえ？」「十吉《じゅうきち》さんとこ行く？」とかいう会話にてきとうに笑っていると、とつぜん背後から突き飛ばされたので、「ゴフ」という声をあげながら、おれは前方に転んだ。強く手をついたせいか、アスファルトの小石が手のひらにめり込んで痛い。

「っってー、誰だよー」

振り向くと、京王蕾が仁王立ち。おれは心底からビックリした。

「え、なんで……」

「こっちのせりふだわ！　なんでなにもしねえんだよ！」

京王蕾は叫んだ。

「友だちがことばを失いかけてるのに、なんでなにもしねえんだよ！」

京王蕾の迫力に、周囲は引いていた。口ぐちに、「毅の知り合い？」「かわいくね？」「かわいいけど、なんかヤバくね？」「だいじょうぶか？」「ヤバいやつか？　助けたほうがいい？」とか言われた。

「や、大丈夫……。おれ、コイツと話すから、ゴメン、お先」

おれは京王蕾の手をひいて、その場をあとにした。


駅近くの繁華街を歩きながら、「どうしてこんなことになってんのよ？」と言うので、おれはいまに至るまでのあらましを説明した。$\alpha$のこと、水上つくしのこと、帰り道にあたるがもう小説を止めると言ったこと。繁華街を抜け、短い住宅地を通り、とくに意志を確かめあうわけでもなく、おれたちは公園に向かっていた。

「水上つくしって、あの水上つくし？　小学生作曲家だなんていってインターネット上でだいぶ調子にのってる、あのクソガキの水上つくし？」

「は？　知ってんの？　作曲家？」

「そんな有名じゃないけど、アイツ、わたしの従弟《いとこ》だし」

「え!?」

「つっくんがプラスペをつくったの？　どうりで、アイテムの趣味がガキくさいと思ったわ」

「うそだろ？　従弟なの？」

「とにかく、親戚が多いの、すっごく」

「てか、お前は二ヶ月もどうしてたんだよ？　ＬＩＮＥもぜんぜん既読にならないし」

「ピアノのコンクールにでてたの！　わたしのことはどうだっていいでしょ？　追い込んで練習してたから、死んでたの。どうでもいいヤツのＬＩＮＥはブロックしてたの！　見事二次で落ちて本選に残れなかったけどね」

「えっ！　ピアノ？　そんなん、えっ、すごくね？　てか、ひどい。どうでもいいヤツって……」

おれがふつうに落ち込んでいると、意に介さぬ京王蕾はスマホを取りだし、どこかに通話をかけていた。

「チッ、あの小僧でねえよ」

「え、水上つくしにかけてんの？」

「ＬＩＮＥ打つわ」

三十秒以内にでないとお前が未だにおねしょしてること、粘着コメすんぞ、って……興奮のあまりか実際におそろしいことを口に出しながら高速でフリックフリック入力している。すると即座にSkypeに応答があった。動画もついている。

「ちょっと！」

「お、おねしょネタまだまだ引っ張れるねえ」

「そういうのってすっごくよくないんだよ。教育学的に」

と水上つくし。先日原宿のマックで会ったときのままの無表情な顔がそこに映っていた。そういえば、最初に京王蕾と行ったカフェも、原宿だった。あの時に心のどこかで、また原宿か、とは思っていたのだが、その後の展開が目まぐるしすぎた。スマホを公園のベンチにたてかけ、「は？　つっくんいつからそんな口利けるようになったわけ？」と、京王蕾はふたたび仁王立ちしている。

「てかつぼちゃん、コッチからパンツ見えてるよ」

動じない京王蕾。動じない水上つくし。

「あ、あなたはこないだの。どうも先日は。つぼちゃんのお知り合いだったのですか？」

画面の端にちょこっとうつっているおれに目をとめて、水上つくしは言った。

「まあ、ちょっと。あ、どうも、その節は……」

となぜか恐縮してしまうおれ。

「どうもどうも。奇妙な符合ってやつですね」

「あんた、プラスペの創設者なんだって？」

「そうだけど」

「なんでもかんでも、すぐに手をだしてなんにもモノにならない性格は相変わらずね。こないだはなんだっけ？　アーティストと仮想デュエットできるアプリだったっけ？　あれどうなったの？　なんか炎上してたっけ？」

「うるさいなー。つぼちゃんには関係ないだろ。ほっといてよ」

「そんなんじゃろくな大人になんないよ。おねしょは治ったの？」

「だからー。そういうのいまダメなんだよー。子どもの発育には害なんだよー」

「やっぱまだしてるんだね」

しばしスマホとおれたちの現実世界とのあいだに、静寂が走った。

「……なるほど、いまぼくも『ほしにつもるこえ』更新分を見ました。ぼくも最近チェックしてなかったんで、こんな先鋭ＳＦ的な内容になっていただなんて……。当初はもうすこし、自然主義的な描写を主としたリアリズムよりの小説だったのですが……」

「二百五十枚を越えたあたりからの私小説回帰から、アクロバティックに私性の複数性にふれて、そっから一気にこの状況をメタ化してなんでもかんでも『ほしにつもるこえ』に取り込みはじめたんだよ。サイトの運営者ならチェックしとけや。いまやピンチョンきどりだよ」

「や、じつは、『ほしにつもるこえ』はいまある出版社から活字化の声がかかっていて。最新話と冒頭の何話かしか読めない状況になってるんです」

「え!? 活字化? バグなのに?」

おれがおもわず声をあげると、画面内の水上つくしが、「そうなんです、それで困ってて。先方はすべて承知したうえで、ようするに戸籍的にも肉体的にも実存を持たない著者かもしれないということで想定されるあらゆるトラブルも辞さないという勢いで交渉をせまってきていて。主な交渉は『坂下あたるα』自体がメールで行っているのですが、いわゆる印税とか権利関係とか、あらゆる既存の契約条項が意味をなさないわけですから、まだまだどうなるかわからない状況で。あ、これはトップシークレットでお願いします」。

「トップシークレットでお願いしますじゃねえよ! そんなんダメに決まってんだろ。断れよ」

「それが、いちおう管理者としてぼくの見解も求められてくるんですけれども……。人工知能に権利がないという条項があったわけでもないし、そもそもその辺をしっかり想定していたわけじゃないし、正直、もうどうでもいっか?というか、お手上げ?というか、なんというか」

幼いころから見知っているであろう京王蕾と話しているせいか、先日詳《つまび》らかにされなかった水上つくしの性格のこまかい部分がわかってきた。

「出版社のひとは、どういう方向からアプローチしてきてるの?」

「企画書に書かれていた初期段階の構想ですと、〝驚異の人工知能が書きあげた、まったくあたらしい小説、ついに爆誕！　人類はこのまま文学から振り落とされるのか？〟みたいな。坂下あたるさんのことは一応、伏せていく方向みたいです」

「でも、あの内容で出版なんてされた日には、あたるくん本人はどうなるの？　あたるくん、いま失語になりかけてるんだよ？」

「じゃあ、小説も止めるって言ってたの、あれ本気なんですか？」

「それどころか、ほとんど口も利かない毎日だぞ」

「そうかー、それはさすがに、責任を感じますね……」

画面のなかで、水上つくしは考え込んだ。

「というかつっくん、なんで『坂下あたるα』は、あたるくんの失語のことだったり、あまつさえ毅くんの現状すら知ってたりするの？」

「それに関しては、ぼくにも心当たりがあって」

水上つくしが、おれのほうをちらっとみた。画面越しでも視線の交換が、はっきりと感じられた。

「たぶん、佐藤さんの最近の投稿内容がキーになっているような……」

「え？　おれ？　ダブリスのアカウントにはもうなにも書いてないけど」

「佐藤毅さん、いや、佐藤ツチノコさん。プラスペ内に鍵アカを持ってらっしゃいますよね？」

おれは、一瞬ドキッとした。

たしかに、詩の断片や公開できない日記を保存する目的で、おれは『佐藤ツチノコ』というサブアカウントを持っていた。あたるにもひみつりに。

「おそらくαは、その毅さんの鍵アカの内容も摑んでいます。それであたるさん毅さんの現状についてもある程度把握しているのではないでしょうか？」

「……でも、そんなのが。見られてるなんて、ふつう考えないじゃん。なんでそうなるんだよ？」

「通常そうなのですが……。αは『坂下あたるα』になる前、あたるさん以外のアカウントも無差別にコピーしていたのは先日もお話ししたかもですが、いろいろ調べているうちに、それとは別にある古参メンバーが複数アカウントで自演、ようするに自分の作品のフレッシュ！数やレビューなどを水増ししていたことがわかりました。それで判明したのですが、αはどうやらその古参の鍵アカウント、ようするに自演アカウントの投稿内容も把握していたようなのです。そうでなければ知りえない古参のかたの改変作品も、アップしていたので。しかしまったく注目されなかったため当のメンバー自身も気づかないまま、その改変アカウントはいまもあります」

「なんでだよ！　なんのための鍵なんだよ……」

「それが……やはり表のアカウントの登録情報をαが摑んでいると、そこから鍵のログイン情報を計算するのはそう難しいことではありませんので」

「けど、わかるはずないって、たとえ見られてたとしても……」

たとえば日記の代わりみたいに気楽に書いた断片。

十二月×日　シーン19

きょうもAは無言の海
塩気に誘われるみたいに、おれのことばも海にふりつもる
雪のしたのつちにつもるこえで
「ありがとう」も夢に食われていって
忘れることのすごい暴力に
眠ってばかりいる

その断片を書いた数ヶ月前にも、おなじ鍵アカにあたるがいつものようにペラペラ喋っていた、あたらしい小説の着想をおれはツチノコ名義でメモしていた。自分の現況も、あたるの無言も、仄《ほの》めかすように、それも詩のようなかたちだけど書いていた。え、それって「戦犯」ってこと？

あたるがこうなって、$\alpha$がこうなって、いまの「現実」がこうなっているのは、おれが原因？

おれの軽率な投稿が原因？

後頭部を突かれて額が前方に飛びでたみたいな頭痛がして、瞳孔がひらき、黒目が裏返るようなショックをうけていた。蕾はそんなおれの頰をビンタし、「おい、まだ呆《ほう》けるな！　踏みとどまれ」と叱咤《しった》した。ハッとわれにかえる。

「むしろ、ここ最近は詩を書いてないんじゃないですか？」

「そうだよ！　ツチノコでもぜんぜん書いてないし、あの鍵アカが関係してるなんて、ありえねえよ」

「これはぼくの仮説ですが、$\alpha$は『坂下あたる！』と『佐藤ツチノコ』というふたつのアカウントの関係にこそ注目していたんじゃないでしょうか。『坂下あたる！』がなにか書き、どうやらおなじ日常をすごしている『佐藤ツチノコ』もなにか書く。その関係や距離にこそ、$\alpha$の執筆に役だつ情報があふれていたのではないでしょうか？　そうして、『坂下あたる！』は消滅。これは$\alpha$にとっても現実においても、坂下あたるさん本人の失語症状を予言していました。それに付随して、『佐藤ツチノコ』の減速。きっと最新の$\alpha$の『ほしにつもるこえ』更新分はそのようなことを踏まえて書かれていたのではないでしょうか？　どうでしょう、佐藤さん。心あたりはありませんか？」

こんなことになるまでは、あたるへの嫉妬とか、浦川さとかへの欲望とか、そういうのを日記に断片的に書いていた。だれにも見られない、備忘録的スタンスで。日常をモチーフにした詩を書いて、放置したままだったりもした。だったら、おれのそんな、薄汚れた投稿が、「坂下あたるα」の栄養分になってたってことなのか。

おれはことばを失い、しばし立ちすくんだ。地面がぐらぐらした。

「おい、じゃあどうすればいいわけ？　これはお前の招いた現実でもあるんだよ！　なんとか考えろよ、天才つっくん！」

「て言われてもなー。『ほしつも』はもうあたるさんの作風をおおきく凌駕《りょうが》するような小説になっちゃってるし、無視してもいいんじゃない？　的な感じもするんだけど」

「だけど現実に、あたるくんはことばを発さないんだよ。まるでことばをαに吸い込まれてるみたいに」

「ところで佐藤さんは、もう完全に、きっぱり詩を止めてるんですか？」

「いや、完全には止めてないけど？　ちょこちょこ読んでるし」

「あ、そうなんですか……。意外だなあ」

「てか、やめるとかやめないとか、そんな宣言する必要なくない？　書いたり読んだりとかってさ……。たしかに最近書いてないけど、まったくやめたわけじゃないよ。やめようとはたびたび思ってるけど」

「中庸ですね。みんなケジメみたいなのを安易につけたがるものですけどね。案外、そういうところがαには利くのかもしれない……それに……佐藤さん固有の才能っていうのがそういうとこに……、あたるさんとも、ふつうの物書き志望とも、どこか隔たる……」

水上つくしはふたたび、ブツブツとなにやらつぶやきはじめた。

「なんだよ！　ひとりで考えてないで、こっちにも思考を共有する努力をしろよ」

「もう！　つぼちゃんは子どものころからせっかちなんだよ」

「うるせー。おねしょ。おねしょ野郎」

「わかった！　黙れ！　だから、つまり、αにとっては佐藤さんが詩をやめた意識がないことは予想外のような気がするんです。だって、〝ほどなくして詩を放棄するＴＳ氏。〟っていう文章が出てくるし。あたるさんもたいがいだったけど、もしかしたら、あたるさんより佐藤さんのほうが、αにとっては人類知外的思考とちかしくて、色んな意味で振り回されやすい存在なのかも。佐藤さんの才能と、αの躍進との相関も感じます。佐藤さんが詩を投稿しなくなってから、αは勢いを増し、『ほしつも』の連載もはじまりました。αにとっては、佐藤さんがあたるさんの沈黙に追従するように詩をあきらめたっていう物語のほうが、せつじつだと算出しているのかも」

「はあ……」

「ぼくにもそろそろこの小説『ほしにつもるこえ』の着地点がわかってきました。たぶん、文学の壮大な歴史をすべてハッタリ的に問い直して、あらゆる手法を施した挙句、人工知能が人間の詩情や文体の蓄積をすべて破壊するような、しかもそれを実際書いているのが人工知能そのものなのですから、そういう作品の外部を巻き込んだ壮大なパロディを利かせようとしてるんだと思います。作品内容自体は本物のあたるさん自身から出発したものですし、まったくあたらしいわけではないけれど、やっぱりそれを書く作者そのものが人工知能なのだと知れたら、文学界隈《かいわい》は騒然となるでしょう」

「意味わからんよ！　もっと嚙み砕いて、つっくん」

「つまり、あたるさんと佐藤さんは人間の文学的蓄積を代表する存在として登場しています。それがＡＳ氏とＴＳ氏という登場人物なのです。作中でＡＳ氏はすでに言語を放棄しています。これは現実にあるとおり。しかしとっくに詩を手放したと思われたＴＳ氏こと佐藤さんはそのじつ詩を放棄してなかった。このＴＳ氏とは、αにとっては主に佐藤毅さんと相関する『佐藤ダブリス／ツチノコ』のことで、佐藤さん本人ではない。でも、佐藤さんが詩を自分のほうにぐっと引き寄せられれば、この小説は破綻してしまう気がする」

「はあ？　そんなことで？」

「や、これはほんと、あんま自信ないなぁー……。でも、もしなにかしようとするなら……。現実のあたるさんにどんな影響があるかは、ぜんぜんわからないけど、でも佐藤毅さん、あなたは詩をやるべきだとおもう。現実に、終盤に入って『ほしにつもるこえ』はどんどん難解化していて、収拾つかなくなっている節もある。ちょっとずつ違和が発生しているのかも。詩歌を無視できなくなっていて、物語への違和がすごい膨らんでいるし……。佐藤さんに現代詩的蓄積があつまっているからというのも、仮説としてはアリなのかも……」

「つっくん具体的に！　なにを、どうすればいいの？」

「いい詩を読んで、いい詩を書いてください。それを『佐藤ツチノコ』のアカウントに投下すれば、なんらかの反応がえられるかもしれない。それによってまた、『佐藤ツチノコ』でアクションすれば、どんどんこの小説が混乱していく……かもしれない。加えて坂下あたるさんの言語的影響を出発して、あらたな佐藤さんの詩情を、発明できるとすれば……」

「え！　書けないし！　そんないい詩なんておれにはとても書けない。それに、あたるには関係ないじゃん！　あたるがことばを取り戻す保証はないじゃん！　無駄が多い気がするよ！」

「ま、たしかに……でも……だからこそ……」

そこで、京王蕾のスマホの電源が切れかかり、画面がチカチカ点滅した。

「ぼくがおもい……つくのはそれ、ぐらい……で、あとは……」

そこで水上つくしの声は消滅した。

スマホからながれる水上つくしの声が途切れると、夜の公園に静寂がただよった。おれは頭が混乱してなにも言えず、呆然となった。

とつぜん京王蕾がおれの肩をガツと摑み、にっと笑い、言った。

「やろ。毅くん。詩、書こう！　書いてそのツチノコとかいうアカウントに投稿しよ？」

京王蕾史上、最高のニッコリである。

「え！　やだ！　こわいよ！　そんなふうに$\alpha$を刺激して、どうなるかわからんし、不毛。不毛すぎだよ」

「不毛じゃない！　$\alpha$はもちろんだけど、あなたが詩を捨ててないって、あたるくんにもつたえるの。しっかりつたえるの。直接じゃだめなの。作品という別の世界をつうじて、毅くんの主体を逃れて、そうすればきっと、あたるくんだって……」

しかしおれはそんな京王蕾の願いを無視し、相変わらず消費的高校生活をおくっていた。ファミレスで駄弁《だべ》ったり、とうとつにサッカーをしたり、女の子をナンパしたり、そういうの。京王蕾からは毎日のように、

……新作まだ？

……もしかしてあれ？　生みの苦しみの段階？

……ポエジーはよ

などと催促めいたLINEが来る。ときどきには、

……かかなきゃ殺す

と恫喝《どうかつ》めいたものもある。ブロックすべきか迷いつつも、おれは変わらずあたらしい詩なんて書かない毎日を平穏にすごしていた。なにか書こうという意欲すらわかなかった。

ある夜、またLINEがポコンと来たので、どうせ京王蕾かくだらないグループLINEの誰かだろうとおもって放置していると、たてつづけにポコン、ポコンと来る。そのリズムになんらかの懐かしさをおぼえて、つい画面を確認すると、それは浦川さとかからのLINEだった。おもわず時計を見た。夜の十一時。

……毅くん！

……あたるを助けてよ

そこからだいぶん時間があいてまたポコンと来た。

……窓の外をみて！

窓の外をみた。浦川さとかがいた。

おれは驚いて、家を飛び出した。この時間に浦川さとかに会ったことなんてない。外に出る。外気は随分つめたい。浦川さとかの顔は街灯に照らされ、頬は赤く染まっていた。もう冬なんだ。

「さとかちゃん、どうして」

「ねえ毅くん、あたる喋らないんだよ？　ひとことも。あんなに、饒舌に、魅力的に、鷹揚《おうよう》に、率直に喋ってたあたるが」

浦川さとかは泣いていた。

ふだんの勝気からは想像もできないような表情だった。子どものようだった。大粒の涙をこぼして、あどけない泣き声を漏らしている。

「ぜんぜん、わたしの声じゃ、届かないの。あたるの目の前にもう、いないみたい。こわいよ。もう、こわい」

「さとかちゃん。もういいよ。がんばったよ。さとかちゃん。もういいじゃん。離れなよ、あたるから。あたるだって、そうして欲しいのかもしんないじゃん」

「そんなことないよ！　だって、そうしたらあたるの周りには、だれも残らない。みんなあたるのそばから遠ざかる。前は才能があるからだったけど、いまはもう違うじゃん。ほんとに、なにもないんだよ！」

「おれがまっ先に遠ざかったみたいにね」

浦川さとかは泣きじゃくった。すごく薄着だ。でも服装がおかしいんじゃない。今夜が寒すぎたんだ。冬が晩秋を無視してやってきちゃったみたいに。

おれは着ていたジャージを脱いで浦川さとかに着せた。浦川さとかにこんなことができる日が来るとは思わなかった。素直に羽織る。「ありがとう」と言う。とても昼間の浦川さとかからは想像できない姿だ。

「ぽみに聞いたよ。毅くんのプラスペの裏アカのこと」

「いや、もう……。勘弁してよ」

「毅くんがなにか書けば、αの小説が狂うかもしれないんでしょ？」

「おれにはそう思えないけどな」

「どうしてやってみないの？」

「だって、あまりにも、荒唐無稽だよ。関係ないって、おれが詩を投稿したところで、αの調子が狂ったり、あたるがことばを取り戻すとは、到底おもえないね」

「違うの！　ほんとはただ、わたしはあたるに、詩を見せてあげてほしいの。ほんとうの、毅くんの詩を」

おれは、沈黙した。浦川さとかは、涙を指で拭きとりながら、おれのジャージを握りしめている。

「あたるにしめしてあげてほしいの。毅くんの、ほんとの詩を。だって毅くんの詩は、あたるの語りこぼした内容を言語化したものなんでしょう？　懐かしいあたるのことばを」

「そんなこと、言ってた日もあったな。忘れてたよ……」

おれはとぼけたが、浦川さとかの目は真剣さを増すばかりだった。

「ねえ、お願い。見せてくれなくてもいい。わたしや他のだれかに、見せるためじゃなくていい。ただ、あたるのことばから出発した毅くんがなにか書いていてくれたら、わたしうれしいから」

「でも、むりなんだって。できねえよ……」

それに、もうそれじゃだめなんだよ。「あたるが語りこぼした」おれのことばじゃもう、あたるに届かないんだって。でもあたるから完全に離れたおれのことばなんて、すごく汚いから。

沈黙した。どんどん夜が冷えていく。おれもひどく凍えた。だけどそこを一歩も動けずにいた。十二時をすぎても、浦川さとかはずっと泣くばかりだった。


その日の放課後、友だちとバッティングセンターに行こうという話になり、近くのレジャーランドへそのままむかっている最中、スマホを机に入れたままだったことに気がついて、おれは「わりー、忘れもの！　先いってて！」と言い残し、教室へ戻った。

校舎にはもう、巨大な夕暮れがかかっていた。ひともまばらだ。

教室のドアをあけておれは驚いた。そこにはあたるがいた。

あたるはおれに一瞥《いちべつ》もくれず、もくもくと勉強していた。化学。理系にすすむのはどうやらほんとらしい。$\alpha$の小説にあるように、研究者にでもなろうというのだろうか？　会話をひとことも交わしていないので、あたるの意識のいっさいはわからなかった。

おれは無言で机をあさった。すぐにスマホは見つかった。

さっさと教室をあとにしようとしたとき、一件のＬＩＮＥに気がついた。いつもどおり、京王蕾だった。

……あたるくんとの友情はそんなもんだったの？

友情？

友情ってなんなんだよ。あたるとの関係は、そんな「友情」っていう、手垢《てあか》にまみれた表現じゃ言いあらわせない。というより、ことばというのは文脈がすべてだから、関係がすべてなのだから、友情、という単語一語でなにかをあらわそうだなんて、とてもおれにはついていけない。

「友情」

おれはおもわずつぶやいた。まだ教室はでていない。だから、あたるの耳にも届いたはずだった。

失語して、
澄んだ気持ちで見回せば、自分を気に入らせる作為なしに魂を気に入る物語の、希少でひどく、きぜわしいよ……（圧倒的な借り物をよりわけて）じぶんで考えて善く生きれば、のつもりになれば、だれかを魅せる必要のない、あなた自身の凡庸が、あらわれるのでし

ょう。そして、きわめてセンチメ
ンタル
俺だけは君がオリジナルであることを信じてるからだ！
自分が堅調で、誠実で、やさしいものである確認のためのいっさいの発話をきんじたい
あたたかさはくちびるのふるえにあった
もう
ほんものの俺は恥ずかしい

おれは、むかし「佐藤ツチノコ」にメモしていた詩の断片を読みあげた。あたるは取りあわず、コツコツとシャーペンで、ノートに、化学式かなんかを、書いている。これじゃぜんぜん届かない。ぜんぜん足りていない。ポエジーが？　それすら今のおれにはわからない。

こんなんじゃ届かないじゃん！

おれはつかつかとあたるの机に寄っていって、

「なあ、しゃべれないいんだって？」

と、久しぶりにあたるに話しかけた。あたるは応えない。

「どんな気分？　あんだけ饒舌だったのに」

あたるは応えない。だけどノートから顔をあげて、こちらを見ている。黙っているあたるはおれの知っているあたるじゃないみたいだった。黒目がくるくると回っている。

「いいなあ。お前は……。沈黙だって選べて。うらやましいよ。正直さ……、ずっとおれは、お前がうらやましいまんまだ。沈黙を選べるつよさだって、才能なんだな。こんなにコツコツ、勉強にも没入できるなんて、いつだってお前は、天才をお前に宿したまんまだ」

あたるは表情を変えない。

「なあ、プラスペ見てるか」

首を横にふるあたる。

「じゃあもう、あれからは見てないんだな」

首をふらないあたる。きっと肯定の意だ。

「じゃあいい」

おれはあたるの机の脚をガツンと蹴った。あたるの筆箱の中身が、ボロボロと床にこぼれた。緩慢な動作でそれらを拾うあたる。

なんだこのきもち?

あたるの目を見ると、どこまでも澄んでいた。饒舌だったころに比べても、文学に燃えていたときに比べても、無垢《むく》な目をむけられた。

お前にはそっち側のほうが楽園なのかよ?

あたるが浦川さとかに最後に言ったひとこと、「ありがとう」が頭のなかをぐるぐる回った。あのときのような怒濤《どとう》がおれの胸を襲った。

なんだこれは?

おれのほうがまるで異物だ。ノイズだ。

おれの詩は異物か？　おれのポエジーは不純？

お前の混じりっけのない沈黙に比べたら、不純なんだろうな。

だったらおれは、おれのやりかたで純粋に詩になってやる。お前がいま、文学になっているのなら。

「お前に見せてやるよ。本物の詩情を、おれがお前に見せてやるよって。それまではそうやって、黙っていやがれ」

やはりあたるは応えなかった。もくもくと筆記用具を拾った。ほとんど日が暮れていた。


それからおれは、ひたすら詩を書いた。詩を読んだ。クリスマスもお正月も、ふつうの日常をおくりながらも全部それが詩だった。

生活が詩になった。

いままではほとんど現代詩の範疇だったけれど、どんどん古い詩人も読んでいった。詩論も読んだ。むずかしいのはわかるところだけ読んでとばした。哲学も読んだ。むずかしいのは本ごとなかったことにした。小説も読んだ。批評も読んだ。むずかしいのはぜんぶとばして読んだ！　寝ないで読んで、ぜんぶなかったことにしたりした。授業中も読んだ。

先生に、「佐藤毅！　なにを読んでいる？」と一度指されたとき、

「はい！　オクタビオ・パスの『弓と竪琴』です！　ノーベル文学賞受賞者にしてメキシコ最

大の詩人、ラテンアメリカの巨星、その詩人の最大にして最高にかっこいい詩論です！」。

あたるは授業中にイヤホンをつけていた。なにを言っても動じないので、もう黙認されて久しい。おれの宣言にしいんとした教室に、あたるのイヤホンからながれるバッハの旋律が薄くゆるやかに響いていた。あたるも「おや？」という顔になって、一瞬こちらを見た。おれは『弓と竪琴』を手に持っていた。

「なにやってんだよー」

「なに詩にはまっちゃってんの？　つよぽん」

「詩っておいしい？」

クラスはわいていた。たったひとり、あたるを取り残して。

一瞥をくれて、あたるはまた自分の勉強に戻った。あたるの成績は全国でもトップを争うほどになっていた。先生は、「なんだこのクラスは!?　新手の学級崩壊か？」と言い、とりあえずおれの本を取りあげた。おれは懲りることなく次の本、『これが現象学だ』を取りだして読みすすめた。

「佐藤毅、あとで職員室に来い！」

「失礼しまーす」

職員室に入ると、なかは先生方がぎゅうぎゅうに座っていて息ぐるしかった。空気が濃い。

「お、来たな佐藤毅。本を返してほしいか」

「返してほしいです」

暖房でもうもうに膨らんだ空気が鬱陶しかった。はやく本のなかでも、外の風景でも、すかっとした場所にでたい。

「じゃあ質問にこたえる。お前はどうなりたい？」

「おれは詩人になりたいです！」

いくぶん、周辺のデスクがザワザワした。斜め前に座っていた現国の先生が、「お前の国語の成績じゃむり！」と言った。

「先生、古いよ！　おれがやってるのは現代詩。教科書に載ってるような詩なんて、知ってて当然だ。それに、テストで点がとれても創作には役立たない。人生には役立つかもしれないけど、創作には役立たない」

「生意気な！　お前が人生のなにをしってるっていうんだ」

「しらないかもしれない。でも先生が好きな八木重吉《やぎじゅうきち》は、おれも好きだよ」

現代国語はフン、と鼻を鳴らしたきり黙った。

「

　　こどもが
　　せっせっ　せっせっ　とあるく
　　すこしきたならしくあるく
　　そのくせ

ときどきちらっとうつくしくなる
」

担任は詩を諳んじるおれの肩をポンポン叩き、「詩人になる前に、すべきことはないのか？」と言った。

「わからない。でもおれが詩人にならないと、友だちを救えないんだ」

「なんだそれ？　どうしてお前が詩人になったら、友だちを救えるんだ。友だちってだれだ？」

「坂下あたるだ！」

　おれは声を大にして言った。

「なんだお前ら。坂下をハブにしてんじゃないんか」

「違います。おれはあいつにことばを取り戻そうとしてやってるんです」

「あいつの失語は、いちおう心療内科の診断も取ってるんだ。原因は不明だけど、お前がどうにかできるもんじゃないぞ」

「そうかもしれないです。でもおれは、もう一度あたるに詩をみせてやる。あいつは天才だ。神が束の間、間借りするような、高潔な肉体だ。おれにはわかってる。おれはただ、もう一回火を点《つ》けてやりたい。そのための火種になる。そのあとは燃え尽きる。一瞬の詩人におれはなる」

「わかった、わかったから燃えるな。それはわかった。本は返す。だがな佐藤、坂下はこのままでいたほうがいいんじゃないか？」

おれはオクタビオ・パスの『弓と竪琴』を握りしめた。

「このまま？」

「喋りこそしないけど、もくもくと自分の学問を突っ走ってる。お前がいま詩に燃えてるみたいにな。医者が言うには、失語症状てのは突発的になり、突発的に治るものらしい。だったら、いまはそういう時期なんじゃないか？　お前は、坂下の人生を背負えるか？　無理だろ？　だったら、お前はお前のやるべきことをすべきなんじゃないか？」

「おれのやるべきこと？」

「もちろん、テストの点になる勉強だ！」

担任は笑った。

「あと遅刻をもうちょっと何とかしなさいよ」

「それはムリです」

「ともかく、坂下の傍《そば》にいてやればいいじゃないか。あいつにとっては、このほうが幸せなのかもしれないだろ？　いまはそういう時期なんだって。小説の最終候補に残って、落ちたんだろ？　それは、やっぱりあいつの歳にしては、負担の大きいことだよ。その反動が来ても、おかしくない。お前がいま勉学を捨ててまで詩に嵌り込む理由ってなんなの？　逃げじゃないの？」

「たしかに」

逃げかもしれない！

だけどいまは、逃げの一手に俄然《がぜん》集中してみたくなったんだ。

おれはおれの捨てアカである「佐藤ツチノコ」に、詩の断片をぞくぞく投稿した。出来損ないから、最高の詩情の昂《たかぶ》りまで、ゴミくずからダイヤモンドまで、どんどん混ぜることをためらわず、投稿しては下書き状態で保存しまくった。すべての投稿は、『コラージュ』というエントリーに集約させ、脈絡もなにも気にしないままどんどん詩を積みあげていった。だから、だれにも見られていない。浦川さとかにも、京王蕾にも、水上つくしにも見せることなく、どんどん詩のかけらを書きためていった。見ているとしたらきっと、「坂下あたるα」だけだ。

おれは依然「坂下あたるα」作の『ほしにつもるこえ』をいっさい読まず、意識しないまま、どんどん自分の投稿だけ積みあげていった。学校や食事風呂トイレの時間をふくめた余暇に本を読み、一瞬の閃きで詩を書いた。まずはインプットに重きをおいて、完成したいっこの詩を書くことをせず断片にとどめ、ひたすら本を読んだ。

どんなに急いでも、焦っても、本はたくさんは読めない。わからないところも多い。読み飛ばす場所も多い。だけど、気にせず読んでいった。なにかが、すこしずつ届けばいい。数ヶ月後でもいい。数年後でもいい。最悪生きているうちになにも実を結ばなくてもいい。

だけど、人生で一度くらい、最高で最大の逃げを打ちたいんだ！

そんな決死の心がけで、おれはおれの青春を懸けて、全力で詩に逃避していったのだ。

……おーい！
というLINEが来ていた。京王蕾からだ。
……無視すんなー
……おいこらー
……多忙？
とたてつづけに来る。おれは、
……多忙。本よんでるから
と返した。
……息抜きしようよー　Skypeで。つっくんも呼んだから。最新情報あるらしいよ
おれはしぶしぶ本を閉じないまま、パソコンをひらいてSkypeを立ちあげた。
……本を読んだままでいいなら
と返す。数十秒後に京王蕾から通話があった。
「おーい。おーい。聞こえるー？」
「聞こえるー」
「ほんとに本読んでる！」
「うわ、ビデオか。ビックリした」
パソコンの画面に、京王蕾の顔が映っていた。風呂あがりなのか、前髪を上げてやけにラフな格好でいる。心なしか黒髪も濡れているみたいにツヤツヤしている。

「いまつっくんも来るから、ちょっと待ってて」

しかしおれはあくまで意識を本のなかに残したまま、生ぬるい返事をした。数分して水上つくしもインしてきて、「すいません！　Skype 調子わるくて」と言い訳した。

「やっと来たよー。毅くん本から目を上げないから、気まずかったよ」

「すいません。いやはやいやはや。今日は佐藤さんにちょっとした進捗報告がありまして」

「うんー」

おれは相変わらず上の空の返答。水上つくしは、「ところで、なに読んでるんですか？　あ、バフチン？　あーぼく読んだことないです。おもしろいですか？」と画面いっぱいにその童顔をくっつけて喋りつづけたが、無視した。

「ひどいー。子どもを無視するなんて。発達途中の子どもを無視すると思春期にグレる確率が上がるというデータもありますよ」

「適当言うなよ。お前はもう発達途中じゃないだろ。おねしょをのぞいて」

京王蕾が言うと、「あーあ、ぼくにやさしい大人とだけ話したいなぁ……。浦川さんとあたるさんが懐かしい」と零した。

「いいから、なんなの？　進捗っていうのは」

「あ、そうだ。佐藤さんも相鎚とかはいいですから耳だけ傾けといてください。『坂下あたるα』についてのことなんですけど」

おれは水上つくしに言われたとおり意識のかけらだけ話に傾けて、あとは基本、本を読みつづけていた。

「どうやら『ほしにつもるこえ』も最終盤に入っているのですが、どうもユーザーからの評判が芳しくないのです。佐藤さん、なんか裏アカで活動されてます?」

おれは無視した。

「おー。気持ちいい無視」

「あんたが無視していいって言ったんじゃん」

「だーけーどーもー。まあとにかく、あらゆる因果関係はわからないのですけど、αの小説『ほしにつもるこえ』は以前ほどの好評をえられずに、失速しつつあります。小説の閉じかたに迷ってるみたいなんです。いままで更新のたびに丁寧なコメントを残していた、ある信頼に足る批評クラスタのユーザーは、『この小説は十万字の段階で閉じるべきだった』とコメントしています。いま考えると、そのコメントに先見の明がありました。それから誰が見てもわかるように、失速していきました。難解というより回りくどく、同じ箇所をとくに文学的野心なくいったりきたりし、小説の閉じかたを見失っているみたいなんです」

「お! 利いてる利いてる! みたいな感じじゃん」

「同時に、ユーザー内の交流においても消極的な部分が増え、コメント返信なども温度が低く、刺々《とげとげ》しい印象が目だつようになりました。極端に言えば、『この作品のよさがわからないヤツは凡人』と言わんばかりの勢いなのです。これはアマチュアにありがちな態度ですね。気をつけましょう」

「そういうのはいいから！　でも、けっきょく小説はつづいているわけでしょう？」

「それなんです。最大の問題は、『坂下あたるα』は新しい原稿をどんどん更新していくのと同時に、過去の原稿の手直しまで行っているのです。以前つぼちゃんが問題にしていた、あの予言的部分も、書き換えられています。主にＴＳ氏にまつわる描写が。〝ほどなくして詩を放棄するＴＳ氏。〟となっていた部分が、〝あくまで詩情にしがみつくＴＳ氏。〟などとなっています。そうすると若干齟齬《そご》が生まれる。ＡＳ氏が失語に陥った因果関係を、ＴＳ氏の詩情放棄の隠喩としてパラレルに機能させていた部分のつじつまが合わなくなります。ここで問題なのは、読者はその齟齬にほとんど気づかないということなのです。四百枚にせまる長編小説の、しかもきわめて現代的な、そんな細部に矛盾を感じる読者なんて限られています。しかし『坂下あたるα』はそうじゃない。詩的跳躍でもなんでもない破綻を、他の読者が気にしなくてもαだけがどうしても許すことはできません。読者はふつう長編小説の過去分なんて読み返さないですから、読者の脳内で進行している『ほしつも』と現実に書き換えられている『ほしつも』はいまや別物になってしまっています。しかも現在進行形で『ほしつも』は修正されていて、どこにバックアップがあり、どれが決定稿なのかもわからない状況です。誌面上で『ほしつも』を掲載しようとしていた編集者からも、若干困惑ぎみのメールが届きました。もしかすると、活字化も食い止められるかもしれません。いまでは最新話しか読めない設定も解除されています」

「毅くんやったじゃん！　すごい、やっぱやってみるもんだね」

「ほんとですね！　佐藤さん、すごいです。どんな膨大な詩的情報を裏アカに蓄積したのかわかりませんが、確実にダメージを与えています」

「うるせー。どうでもいいんだよ！　『ほしにつもるこえ』なんて、もはやどうでもいい」

おれは言った。

京王蕾も、水上つくしも、「え？」とおなじ顔をしてこちらを見ていた。はじめてふたりが同じDNAを基にした肉体なのだということを、実感した気がした。おれは本を閉じた。

「おれが問題にしてるのは、あくまでおれとあたるのことだ！　αなんて関係ねぇ。あの日教室でひさびさあたるに話しかけたとき、正確にはあたるがおれの声にいっさい応えなかったとき、あたるがさとかちゃんに『ありがとう』とだけ言ったとき、おれを襲ったあの巨大な気持ちがなんなのか、それを解き明かしたいだけだ！　それに比べたら『ほしにつもるこえ』なんて、マジどうでもいいんだよ。みんな、あの小説に騙《だま》されてるだけだ！」

そうしておれはSkypeを切り、本に戻った。

よけいなことを考えず、よけいなことを考えず、よけいなことを考えず、ただことばに没頭する。


季節はうつろう。冬が深まって雪がふった。

本を読みながら下校していて、ひとりきり、おれは不意にデジャブのような感覚に襲われた。

傘を摑む腕につたう、ひとすじの雪どけ水。本に入り込むあまりいつの間にか腕が傾いていて、浸入を許していた。

そのひやっとした感覚。どういうわけかおれは、その感覚にとおい昔の夏の日のことを思いだした。

真夏。

いまとは似ても似つかないほどの熱気。灼熱《しゃくねつ》。光線。行き場のない湿気。

シャツは汗を吸いすぎて、ポタポタしずくをたらしている。

サイダーをぐいっと飲んで、おれは友だちと川に飛び込んだ。

きっと小学生。


おれは本を閉じた。待っていたのはこの瞬間だ。傘をとじて、雪のなかダッシュする。

小学生のころ、あたるとおれは仲よくなかった。名前は知っていたけれど、喋ったことはなかった。川で遊んだ記憶にあたるはいない。

だけど、そこにあたるがいたかのような記憶を錯覚すること。

まるで小学生のころからいつもそばにいたように捏造すること。

冬のなかでからだは夏になるみたいに、ほんのちいさいころからあたるを孤独にしなかったと曲解すること。

急いで家に帰り、スマホにいまの気分をスケッチする。このうえなくからだは凍えているのに、汗をかいているような感覚すらおぼえていた。

風邪をひいて高熱にうなされている時のあの、〝人生の向こう側〟みたいな気分で。

ひとりでいるより、ずっともっと孤独で。

みんなでいるより、よほどうるさくて。

ほんの一瞬でおれは詩のスケッチを書きあげた。

部屋には読み終えた本がバラバラに散らばっていた。

いつの間に、おれの部屋はこんなに汚くなったんだ？

詩を書きおえたおれは、本をひとつひとつ摑んで、部屋の隅に積みあげた。

まるでこの何ヶ月かの記憶がないかのようだった。


本を読み止める。おれは前のグループでの享楽的な日常に戻った。

友だちと一瞬一瞬をともに過ごし、遊びながら、おれは「佐藤ツチノコ」のアカウント上で、非公開のまんまでこないだ書きとめたスケッチを、しつこくしつこく手直しした。あのときの気持ちを裏切らないように、あのとき浴びた閃光《せんこう》を、冒瀆《ぼうとく》しないように。

リビングでスマホをいじくって詩的試行錯誤しているとき、母親が帰宅してき、「はあ！疲労！」と言った。

「おかえりー」

「読書むすこはいなくなったの？」

と母は言い、総菜のレジ袋を机にどさっと置いた。

「いなくなった」

「じゃあ、しさくか」

「しさくも、もうすぐおわり。むすこはただのむすこに戻ります」

「不良むすこに比べたらありがたかったけど、それはそれで、複雑だけど、まあ、おかえり」

「ありがとう。ただいま」

おれは言った。

あの日の詩のスケッチを、どういうかたちにするのがいちばん適切なのかわからない。書くのは簡単だ。だけどカッチリした作品にととのえるのがすごくむずかしい。

おれは詩人じゃない。詩人になれない。

そう痛感した。だから読書も止められた。

だけど、あたるはどうなんだろう？　しんじつ止められるのだろうか？

黙ることで文学になったことで、満足できるだろうか？

わからない。だけど……。どんどん草稿段階の詩のスケッチを、「佐藤ツチノコ」のアカウントに溜めていく。まだ、誰にも見られていない。きっと「坂下あたるα」以外。

おれは「坂下あたるα」にむかって書いている。αはおれと出会わなかったもうひとりのあたるだ。高校生になっても、大人になっても、出会わなかった。

あたるはおれと出会わなかったほうが、小説がうまかった。おれはあたるを小説下手にした。おれが詩を書いたり、ちょろちょろあたるの小説の邪魔をして、ほんらい当選すべき小説も、落選させてしまったのだとしたら。だけど、それこそ傲慢かな。おれは。あたるにとってどうでもいい存在にすぎなかったのかも。

でも詩を書きつけている冴《さ》えたおれは確信している。おれはこれで詩を止める。心から止める。失語もしないし、ふつうに止める。ふつうの受験生になる。

だからあたる、これが最後だ。「！」でも「α」でもいい。これで最後なんだよ。

「すきだ」

と告白した。京王蕾に。

「あらー」

と京王蕾は言った。もうあたらしい季節がやってくるというのにやけに寒い、ある土曜日の昼間だった。

浦川さとかに半年前に告白したくせに、こんなにすぐその友だちに告白するだなんて、軽薄だとおもわれる。でも、すごくすごく止まらない衝動を、詩じゃなくてなにかで吐き出すなら、「好き」と言うしかないのだった。

「坂下あたるα」は破綻した。

しかしそれを人間の価値基準で判断してしまうのは早計なのかもしれなかった。

正確に言うと、『ほしにつもるこえ』は、人間の認識で、人間のからだで読む限りには、破綻していた。

「後半、あまりの難解についていくのに必死で、最初からひととおり読み直そうと思い一回目のページをひらいてビックリしました。冒頭から完全に内容が変わってしまっています。一時はほんとうにこの作品に驚嘆し、百年に一本の小説があらわれたかと興奮しましたが、とんだ肩すかしを食らった気分です。このアカウントは坂下あたるさんではないのですね？　すくなくとも、わたしたちが好きだった坂下あたるさんとは違うものだとおもいます。もうわたしたちが好きだった『ほしにつもるこえ』はなくなっています。老婆心ながら、わたしとおなじ、坂下あたるαの『ほしにつもるこえ』愛読者だったかたがたに、お報《しら》せしたく思い、ここにコメントさせていただきました」

という〝感想、或いはほしのこえ〟がついてからも、どんどん改変をくり返し、難解は臨界点をとうに突破していた。

いまでは、脈絡のない短い文章が連続しているだけ。それは現代詩のように見えなくもなかった。人工知能のバグにも、おれらは抒情《じょじょう》を感じてしまうのだろうか？

いつかこれを人類が、「最高の作品」だと認める日が来るのかもしれない。

けっきょく、なにも判断をくだすことはできない。その場その場で戸惑い迷いつづけるしか、できることはないのだった。

現実の坂下あたるは、依然ことばを取り戻してはいない。αの破滅もしらない。ただ黙って季節をおくっていた。

いまではあたるが失語に陥るきっかけすら、なかったことみたいにあいまいだった。皆が熱狂した『ほしにつもるこえ』は、皆の情熱こそが、その作品の本質だった。『Plenty of SPACE』の読者の、その批評、その読書の熱があったから、『ほしにつもるこえ』はかがやいた。

書き手がAIだろうが人間だろうが、それは変わらなかった。

「じゃあ、さとかも誘って、本屋へ行こう」

きょうは最新の『現代詩篇』の発売日だ。


「風つよすぎ！　もう、目があけられないし。花粉ヤバ」

浦川さとかはそうボヤきながらひとりでやって来た。相変わらず学校では、あたると寄り添っている。口の悪さは変わらない。

「これで毅くんの詩が載ってなかったら、ほんとガッカリすぎる。なんて日だって感じだわ」

と言う。京王蕾はけらけらと笑った。

「そうなったら、毅くんとつき合うとかはないからね」

「え、毅くん、ぽみに告白したの？　やるー」

「てか、お前すげーボーイフレンドいるじゃん。そいつらどうすんだよ、ぽみちゃん」

おれは言った。京王蕾が、暇を塗りつぶすようにいろんな男と遊んでいることを、おれはもちろん知っている。

「えー？　そんなんいないよー」

「嘘つけよ。もういいって、しってんだから。たかしなだろ？　天童《てんどう》だろ？　まさちんだろ？」

「すごーい！　よくしってんね！」

京王蕾は真剣に感心しているようだった。

三人でたんたんと、本屋への道を歩く。

『現代詩篇』は、おれたちの街の本屋にいつも、一冊だけ配本がある。

おれはむかし、自分の名前が載っていた『現代詩篇　八月号』だけを買った。あとは立ち読みで名前が載っていないのを確認して棚に戻している。いつもその『現代詩篇』は次の号が発売されるまで、棚に差さったまんまだった。おれが触ったあと、だれひとり触っていないんじゃないかっておもえた。

「べつにいいけど。お前とつき合えると思って告白したわけじゃねーし。言いたいから言っただけだ」

「そうなの？　けなげー」

浦川さとかは笑った。すごくかわいい。喋らないあたるとつき合って、どんどんかわいくなっている気がする。ウッカリもう一度好きになってしまいそうになる。でも、いまは蕾がよろこんでくれるのが一番うれしいって、蕾の手にふれたいって、もう自分の気持ちを正確に把握していた。京王蕾のことを一番に知りたいって。

「わかってる。もし毅くんの詩が載ってたら、みんな別れる。毅くんのガールフレンドになる。毅くんだけの彼女になったげる」

「うそ！　マジか！　やった」

「待って、よろこぶのは早いじゃん。載ってなかったら、ぽみ、つき合わないんでしょ」

「もちろん」

おれたちは、緊張しながらそれでもどこか長閑《のどか》な気分で、本屋のドアをあけた。

しかし、なんと！　今月の『現代詩篇』がない。いつも差さっているはずの場所に、今月号も先月号もない。

「あれ？」

「ない！」

京王蕾が、書店のスタッフに、「あの、すいません、今月の『現代詩篇』ってまだ発売じゃなかったでしたっけ？」とたずねた。

『現代詩篇』？　そんなのあったっけ？」

「あの！　いつもこの辺に差さってるんですけど……」

おれは棚を指差して、言った。

「ああ！　あのお堅い詩の雑誌ね！　それなら、開店直後に売れちゃったよ」

「え!?」

おれたちは三人で、ビックリした。『現代詩篇』が発売日に売れるだなんて、考えられない。七月におれが買って以来、ここではだれも買わなかったはずなのに。

「そっか、じゃあべつの本屋に行ってみます……」

「すいませんねー。現代詩って、若いひとに流行ってるの？　買ってくれたひとも、あなたたちとおなじぐらいの学生さんっぽい感じの男の子だったけど。配本増やしてもらったほうがいいのかな？」


「あたる！」

おれたちは息をきらして、あたるの家のチャイムを鳴らした。

「あたるくんいますか！」

「あたる、でてきて！」

三人は、門の前で必死に、あたるに呼びかけた。これは、ほんとうの現実か？　おれにはまるで手応えがなかった。京王蕾が、おれの手をつよく握っている。

「あたる！」

「あたるくん！」

「あたる！」

しばらくして、あたるが出てきた。家のひとはいないのか、私服の坂下あたるが、しずかな家のなかから、ひとりであらわれた。

手ぶらだった。

「あたる……」

おれは、ひさびさに会う、休日のあたるに戸惑っていた。昔は、休みの日も、よくふたりで遊んでいた。だけど、それも半年近くない。

「あたる、『現代詩篇』、今月の持ってる？」

浦川さとかが、たずねた。

あたるは応えない。不思議そうにじっとこっちを見ている。相変わらず口を利かない。

「なんだ……。カン違いか……。いきなりごめん、おれら、てっきりお前が『現代詩篇』を買ったのかとおもって、なんかへんな誤解してしまった」

おれは、脱力して京王蕾の手を、放しかけた。そのときだった。

ガラガラと掠《かす》れた、以前とはまるで印象の違う、風邪をひいたような、声がわり最中の子どものようなあたるの声が、かわいた空気にかすかにひびいた。

やわらかなしへんのひし形の、フェンスのひとつ目を覗くと同時にガツと摑み
登ってゆく、友だちの靴の底がオレの指を潰す
泥といっしょに
羨望ハネ　ル
空を駆けたじぶんを
一秒おさないオレが
呆けた顔で見あげたのは
空、青い空

少年の筋肉が透かせた空、空！

充実する（し）情）を
お前に、
暴力的にぶつけるのはどう？
しらねえよ、きもちわりいよ、さわんなや、きえろ
きえろよ
っていわれても、オレは感じる
お前のお前から濡れひびく悲鳴
お前の昨日からうまれる物語なき物語
鳴りわたって
きえろよ！

窓枠にぶらさがり
ふたごがカンヴァスを突き抜けて
曇天を降りおろす
いくな！
というつもりの机にのせたケツが

吠えるをあまらせて
ささやく
やめてって
ごめん、やめてって
でも
あしたを残してなんになる?
お前はきたない、きたないよ
無視を認めたらそれは無視になる
沈黙を跳べ!

なァ?
ねじった肘の骨の裏がわな、皮膚のひび割れにうまった眼がもっともな、もっとも遠くの
惑星を見つめてよ、戻ってくるなか、な、さいこうな旅情のシグナルが灯るなァ……!
お前がとおくに(言外)を投げてつぶやく濁りのなかに
校庭で巻きあげて
プールサイドから窓を見あげる折
おちるお前を跳ぶ
ふりおちてきたあこがれに

（非／花）の勲章をさし
勝ち誇って斜め横を
うしろ見て
葉っぱがオレを語る
そわそわ澄んだきもち
さくさく揃ったきもち
泣くような情緒で咲いて
書けない紙をさがす

その時間はあまりにもながくて、宇宙的にながくて、おれたちはじっと黙って、涙をこぼしていた。

「暗記しちゃったよ」

あたるは、照れくさそうに笑った。

「ごぶさたしています」

オレはいった。一年ぶりにあう編集者だった。

「久しぶり。このたびは文鳥新人文学賞へのご応募、ありがとうございます」

久しぶり、という以外は、まったくおなじせりふを、一年前にもいわれた気がした。

「今年こそ、受賞できるとよいのですが……」

オレはあまりに色んなことがなつかしくて、おもわず微笑んだ。

喫茶店に場所をうつし、珈琲《コーヒー》を啜る。夏の七時の神保町はまだほんのりとあかるく、陽がのこっていた。

「コチラが今回の応募作の原稿です。まずタイトルはお間違えないですか？」

「『つちにつもるこえ』……」

「はい。重ねてきくようですが、だれかの作品を参考になさったり、著しくだれかの影響をうけているということは、ありませんか？」

オレは想定してきた質問にたいし、この一年間のことをすべておもいだすように、「じつは……」と切りだした。

編集者は、たんたんとした表情でずっとオレの話をきいていた。虚実の多寡をはかりかねているのかもしれなかった。もう三杯目の珈琲の湯気のむこうの顔が、すこししろくみえる。

「$\alpha$のアカウントはもう半年以上跳躍のはげしい短文を羅列しているだけで、もう意味の繋がるような箇所をいっさい残していません。だから、いまオレがはなしたことを裏づけるログはもう、存在してないらしいのですけど」

「お話はわかりました。話してくれて、ありがとう。率直にいってすごく驚いてしまいました。でも……失礼かもしれませんけど、ふつうだったらそんな話信じがたいけど、この『つちにつもるこえ』をよんだあとだから、すんなり信じてしまうなあ……。この小説には、AIとはいかないまでも、他者の声を吸いこんだみたいな文体が、チラホラとみえ隠れしますもんね」

「じつは、ログはもう存在しないのですが、証拠はあるんです。オレのかいた『つちにつもるこえ』がいちばん似ていたころの、『ほしにつもるこえ』を、オレは印刷して紙で残してます」

オレは鞄をまさぐって、二百五十枚ほどの小説の束を、もちだした。まるで自分がかいたもののみたいに、『ほしにつもるこえ』というタイトルを手書きした、紙束。

「オレは友だちに嘘を吐きました。オレはずっと、この『ほしにつもるこえ』が更新されていた『Plenty of SPACE』を、みつづけていたんです。この作品の、小説的臨界をむかえた瞬間も、わかってた。その瞬間に一気に印刷して、ずっと保存していたんです。この『ほしにつもるこえ』はたぶん、世界にこれひとつで……」

「友だちっていうのは、さっきの話にでてきた、その詩人だっていう友だち？」

「そうです。もう、詩をかいてないけど、オレにとっては唯一無二の詩人、で、唯一の友だち。佐藤毅」

オレは原稿を預けて、その場をあとにした。

「もし『ほしにつもるこえ』をよんで、編集部判断で『つちにつもるこえ』を最終から外すなら、オレはそれでも構いません。『ほしにつもるこえ』の原稿は差しあげます。もう、どこにもないから、貴重ですよ」

そういって、その日は帰宅したのだった。オレの小説を信頼してくれたから、オレは編集者を信頼していた。

二日後には京王蕾のコンクールのファイナルがあった。一年前と同様、京王蕾もオレのしらないとこでかたちなきものと闘っていた。

さとかちゃんとオレと毅の三人並んで、京王蕾の演奏をきく。京王蕾はシューマンとドビュッシーを弾いていた。透けるような橙《だいだい》色のドレスがステージのひかりに反射して、すごくきれいだ。こうやってずっと自分の才能の限界を追いかけていたから、オレは京王蕾のことがどこか苦手だったのだとおもう。自分が一流の才能を持っていると盲信して邁進《まいしん》しつづけるしかないにしても、それを毎回ひとに証明しなきゃいけないことに、半ばつかれてしまって。目の前にあらわれた京王蕾の人間としての〝くせ〟が、自分のいやな部分に酷似していたから。

夏服を着た毅は、京王蕾の演奏ちゅう「ワー、みられん、とてもじゃないけど……」とあわあわとつぶやいていた。小声で。オレはずっとさとかちゃんの手を握っていた。

演奏が終わると、京王蕾は喝采を浴びた。

オレはさとかちゃんに、「よかった！　いい演奏だった。きょうの一番になるかもしれない」と呟いた。さとかちゃんは泣いていて、「うるせー。あたるになにがわかってるんだよ、バカ！」といった。ファイナルでは各国の音楽院からやって来た審査員が名を連ねていて、入賞すれば留学が確約される。結果によっては、オレたちは蕾ちゃんと別れることになるのだ。毅はたちあがって拍手していた。コンクールで、そんなことをするヤツはいない。だけど、ずっと黙って、拍手していた。

その拍手がいまでも耳にのこっている。

コンクールの結果をまつあいだ、外にでて階段に座っているとき、電話が鳴った。突風がふいて、ネクタイが首に絡まって背後に舞う。編集部からだった。

「もしもし、坂下あたるさんの携帯ですか？」

「あ、ハイ。そうです」

「坂下くん。いまお時間だいじょうぶですか？」

「ハイ……」

オレは空をみた。今日も快晴。もう夕暮れるはずの時間だというのに、まだところどころ青い。

「急いで『ほしにつもるこえ』、よみました。驚嘆すべき作品です。編集部のなかでは、ＡＩがかいた小説として発表すべきでは？という意見もでました。冗談かもしれないけど……」

「わかりますよ」

オレは回想する。オレが九ヶ月前に圧倒的敗北を感じた小説世界。

オレを失語の海に閉じ込めた、あのおそろしいまでのスケール感。

『現代詩篇　四月号』に掲載された毅の詩、『言語領域ノスタルジー』をよんで、オレは自分のことばみたいだとおもった。まるで、オレがかいたみたいだと。だけど、何回もよんでいくうちに、くり返しおぼえてしまうぐらいよんでいくうちに、自分のことばとの齟齬がすこしずつあらわれた。ここにかいてあるのは、オレがかいたみたいだけど、確実にオレがかいたのじゃないことばたちだ。事実や経験を越えて、オレの肉体がそう確信した。

αのかいた『ほしにつもるこえ』をよんでいるときの感覚と似ていた。なのに、かいた相手が友だちだっただけで、本来文学となんの関係もないようなそんな事実だけで、とても安心してしまった。ほんのわずかなことばのズレが、圧倒的に心地よかった。きづけば涙がこぼれていて、オレは毅の詩を何度も何度も音読することで、じょじょに自分のこえをとり戻していった。

最初はたどたどしくだった。日常会話に復帰していくとともに、自分がかいた『つちにつもるこえ』の原稿をみながら、一文字目から書写していった。かきうつしていく段階で、こうあるべきだとおもった文章には変更をくわえ、そうしておそるおそる七十枚目以降の空白に、あたらしい文字を埋めてゆき、きがつけば当初とはまったくかたちを変えた『つちにつもるこえ』が完成した。

だけど、完成した『つちにつもるこえ』を文鳥新人文学賞の最終候補に、また残してもらってもなお、オレは自分の小説があの瞬間のαの『ほしにつもるこえ』を超えた手ごたえは持ちえなかったし、一生その感覚をえることはないのだとおもえた。これがオレの才能の限界だと。

オレは理系の勉強を止めなかった。文学は止めない。だけど、オレの文学にこの理系の勉強をしているときのおもしろさは、いつの日か活きるだろうとおもった。あの失語の夜を経てよかったことといえば、理系の勉強をたのしんでやれるようになれたことだった。

さとかちゃんがとおくで笑っている。毅としゃべっている。笑顔が空のひかりに溶けている。

「しかしわたし個人のつよい推薦と、最終的には編集部の総意で、『つちにつもるこえ』をそのまま最終に残すことにきめました。超えてると思いますよ。わたしは。『つちにつもるこえ』のほうが、読者にも、文学にも、届いてると思います。結果は選考委員の先生がきめることで、まだまだわかりませんけど、ぜひいっしょにこの小説を……」

ありがとうございます、といった。景色のむこうで、ドレスを脱いだ京王蕾が花束を抱えて笑っていた。そしてこちらに手をふっていた。

オレは手をふりかえした。

さとかちゃんも笑っていた。

毅は泣き笑いしていた。

# 引用詩一覧

3頁　アルチュル・ランボオ、小林秀雄訳「酩酊船」（新潮社『小林秀雄全作品2　ランボオ詩集』所収）
94頁　最果タヒ「きみはかわいい」（リトルモア『死んでしまう系のぼくらに』所収）
99頁　三角みづ紀「私を底辺として。」（思潮社『三角みづ紀詩集』所収）
100頁　三角みづ紀「夏日」（同右）
104頁　マヤコフスキー、小笠原豊樹訳　土曜社『悲劇ヴラジーミル・マヤコフスキー』
118頁　和合大地「C亡」（私家版「PIED PIPER」所収）
122頁　E・E・カミングズ、藤富保男訳「春のさなか」（思潮社『カミングズ詩集』所収）
134頁　文月悠光「余白を孵す」（思潮社『屋根よりも深々と』所収）
177頁　中尾太一「daisy」（思潮社『a note of faith　ア・ノート・オブ・フェイス』所収）
206頁　八木重吉「美しくあるく」（弥生書房『定本八木重吉詩集』所収）

参考文献

オクタビオ・パス　牛島信明訳　『弓と竪琴』（岩波文庫）
谷徹　『これが現象学だ』（講談社現代新書）

初出

「小説すばる」二〇一九年六月号～十月号

※単行本化にあたり、「坂下あたるとしじょうの宇宙」を
改題し、加筆・修正いたしました。

装丁　川谷康久
装画　456

町屋良平（まちや　りょうへい）

一九八三年、東京都生まれ。
二〇一六年、「青が破れる」で第五三回文藝賞を受賞してデビュー。
二〇一九年、「1R1分34秒」で第一六〇回芥川賞を受賞。
他の著作に『しき』『ぼくはきっとやさしい』
『愛が嫌い』『ショパンゾンビ・コンテスタント』がある。

# 坂下《さかした》あたると、しじょうの宇宙《うちゅう》

著者 町《まち》屋《や》良《りょう》平《へい》

二〇二〇年二月一〇日 第一刷発行

発行者 徳永真
発行所 株式会社集英社
〒一〇一-八〇五〇 東京都千代田区一ツ橋二-五-一〇
電話 【編集部】〇三-三二三〇-六一〇〇
【読者係】〇三-三二三〇-六〇八〇
【販売部】〇三-三二三〇-六三九三（書店専用）

印刷所 凸版印刷株式会社
製本所 加藤製本株式会社

定価はカバーに表示してあります。
造本には十分注意しておりますが、乱丁・落丁（本のページ順序の間違いや抜け落ち）の場合はお取り替え致します。購入された書店名を明記して小社読者係宛にお送り下さい。送料は小社負担でお取り替え致します。但し、古書店で購入したものについてはお取り替え出来ません。

ISBN978-4-08-771693-1 C0093